銀色うさぎと約束の番

高峰あいす

幻冬舎ルチル文庫

CONTENTS ✦目次✦

銀色うさぎと約束の番

✦イラスト・駒城ミチヲ

✦カバーデザイン＝久保宏夏(omochi design)

✦ブックデザイン＝まるか工房

銀色うさぎと約束の番

「――ちゃん、こっち。もう大丈夫だよ」

伸ばされた手を取ると、彼がほっとしたように柔らかく微笑《ほほえ》んだ。春になったら小学校に入るんだとナツお手製のおせちを頰張《ほおば》りながら話していたから、恐らく五歳か六歳だろう。まだ幼く、親の庇護《ひご》がなければ生きてはいけない年齢だ。なのに彼は、精一杯の勇気を振り絞って、守ろうとしてくれている。

「親戚《しんせき》の従兄《おにい》ちゃん達に嫌な事されたら、僕の所に来てね。絶対に守るから」

「ありがとう」

「――ちゃんが可愛《かわい》いから、ちょっかい出すんだってナツおばあちゃんは言うけどさ。可愛いから意地悪するなんて、そんなの間違ってるよ」

無邪気で真《ま》っ直《す》ぐな正義感を向けられ、少しばかり擽《くすぐ》ったく感じる。正直、人の子のする事など、大して気にもならない。相手を傷つけず追い払うことは簡単だけれど、彼の優しさに触れていたくて、つい弱った振りをしてしまう。

彼と手を繫《つな》いだまま、庭の奥に植えてある木蓮《もくれん》の大木まで行く。沈丁《じんちょう》花《げ》の藪《やぶ》を潜《くぐ》ると、木蓮の根が突き出ている場所があって、丁度子供二人が隠れるくらいの穴になっている。ここは家主でさえ知らない、二人の秘密基地だ。

「お夕飯まで、ここにいようね」

繫いだ手が微《かす》かに震えている。守ると言ったものの、幼い彼にしてみれば年上の従兄《いとこ》達は随分と大きく、怖い存在に違いない。それでも彼は、決して手を放そうとはしなかった。

これまで自分は『人は弱く、守るべき存在』と教えられてきた。けれど彼の小さく温かな手は、何よりも力強く感じる。

生まれて初めて、自らその手を取りたいと思った相手は、幼い人間だった。

許されるならば、いや、許されなくても彼と共に生きて行きたい。

「ずっと一緒にいられたらいいのに」

想いが無意識に言葉となって、口を突いて出てしまう。すると隣に座る彼が大きな目をさらに大きく見開いて、とても嬉《うれ》しそうに笑った。

「僕、ずっと一緒にいる。約束するよ」

無邪気な約束は、言霊《ことだま》にはまだ足りない。だが己《おのれ》が望む言霊を、数日後に彼から得ることになるとは、この時、考えてもみなかった。

＊＊＊＊＊＊＊＊

「こんな所に、家なんてあったっけ？　秀幸伯父《ひでゆきおじ》さん」

「俺も初耳だったんだが、ナツばあちゃんの描き損じには地図もあったしなぁ……それより、来て早々、山登りに付き合わせて悪いね奏君《かなで》」

「いえ、僕も気になってたから丁度良かったです」

木々が生い茂る獣道を、那波奏《ななみ》は父方の伯父と二人でかれこれ一時間ほど歩いていた。ここは一年前に亡くなった曾祖母《そうそぼ》『那波ナツ』の所有地で、現在は本家の人間が彼女の残した邸宅と共に管理している。

曾祖母は当時としては珍しい『女性画家』として活躍した文化人で、数多くの賞を取り弟子《でし》も多い。百歳超えの大往生《だいおうじょう》で、葬式へ多数の弔問客が訪れたのは記憶に新しかった。

葬式が終わっても送る会や回顧展などが各地で開かれ、親族や弟子達は各方面への連絡やら何やらで悲しむ間もなかったほどだ。

ひ孫の奏は直接何かをする事はなかったけれど、両親を含め本家の大人《おとな》達が慌ただしくしているのは聞き知っていた。そして迎えた一周忌。やっと遺品整理に漕《こ》ぎ着けたのだが、そこで予想外の問題が起きたのだ。

ナツの私室を整理していた祖母が、押し入れの奥に作られた隠し戸棚から大量の描き損じを発見したのである。

主だった作品はナツが残した遺言通りに、親族と弟子を介して親交のある美術館へ贈られた。なので描き損じには、遺産としての価値はないに等しい。

けれど遺族にしてみれば大切な思い出の品なので、急遽《きゅうきょ》親族会議が開かれることになったのだ。

下絵に類する画稿は主に弟子等に形見分けが決まったのだけれど、ナツが趣味で描いていた似顔絵の束に妙な物が交ざっていたのである。

それは幼女のデッサンで、祖母の画壇での地位を確実な物とした連作『銀《しろがね》』に描かれた子供とよく似ていた。幼女は奏を交えた親族の子等と遊ぶ姿も描かれていたから、遠い親戚だろうと思われたけれどその子が誰なのか知る者がいない。

第一、曾祖母が画壇に認められたのは彼女が三十代の頃だから、時系列としても合わない。『銀』に描かれていた子供と奏が、同じ年頃であるはずがないのだ。だが次第に親族や住み込みの弟子達の誰からともなく『幼い子が住んでいた』と証言が出始めた。

事情を知るだろう曾祖父《そうそふ》はとうに亡くなっており、手がかりはナツの残した絵のみと思われた。だがふとした拍子に、本家の一人――奏の祖父がその幼女の存在を奏だけが話していたと思い出したのである。

『ギンちゃんに会いたい』

盆や正月で親族が集まる度に奏はそう訴えていたが、耳を貸す者はいなかった。だから今回の事は、正直納得いかない面もある。けれど数日前、描き損じの裏にギンの住まいらしき場所の地図が描かれていると祖母が気付いた事で、奏の気持ちも変化した。

この機会を逃せば、二度と会えない気がして『ギンを捜して欲しい』という本家の要請に応じたのだ。

奏にしてみれば、幼い頃に遊んだ相手だから彼女の事はよく覚えている。むしろ不思議だったのは、六歳を迎えた年を境に彼女が突如姿を消したことに対して、大人達は誰も疑問に感じていなかった点だ。

盆暮れには親族がナツの屋敷に集まり過ごすので、誰も彼女の不在を問わなかった事を恐ろしく感じた。だが描き損じの発見以来、奏の訴えを『勘違いだ』と笑っていた大人達も思い出しつつあった。

「――しかし、あんなに目立つ子を忘れてたなんて不思議な事もあるもんだ。うちもだけど、奏君のとこもみんな忘れてたんだろう？『ギンちゃん』の事」

「はい。なんだか急に思い出したみたいで。両親も僕の話を『夢でも見てたんじゃないか』なんて言ってたのを謝ってくれました」

「だよなあ。いや、俺も疑ってたし、すまんね」

小太りの伯父は時折立ち止まり、首を傾《かし》げながら額の汗をタオルで拭《ぬぐ》っている。一つ思い出すと記憶は連鎖的に蘇り、今では曾祖母の傍《そば》で寛《くつろ》ぐギンの姿を懐かしく語り合うほどだ。

本家側としてはモデルとなった彼女にも形見分けをするべきと意見が纏《まと》まったが、これまで存在すら忘れていたギンに対して気まずい感情があるらしい。

そこで唯一、ギンの事を覚えていた奏に交渉役になって貰《もら》おうと白羽の矢が立ったのである。

最初は家族で来る予定だったが、両親は仕事が入り弟は部活の試合。仕方なく春休みで余裕のある奏が、先に本家に来たという経緯だ。

「こりゃ祖父《じい》さん達は、来なくて正解だったな」

「正直、僕でもこの山道はキツイです」

「おいおい、まだ十九だろ。奏君、運動部だったよな？　俺がへばったら、おぶってくれよ」

「運動部でバスケやってるのは、弟の蒼太《そうた》ですよ、秀幸伯父さん。僕はインドア派だから、体力に期待しないで下さいね」

軽口を叩《たた》き合いながら登るけど、道は険しくなるばかりで次第に口数も少なくなる。

――それにしても、どうして急にみんなギンちゃんを思い出したんだろう？

親族が揃《そろ》うのは年に数日だけだったが、腰《こし》まである銀髪の、あんな印象的な美少女を奏以外の全員が忘れるなんて、未《いま》だに理解不能だ。

しかし経緯はどうあれ、やっとギンに再会できるのだ。当時の事を思い出せば、擽ったいような優しい感情が胸に満ちる。

――あの頃はまだ子供で分かってなかったけど……僕の初恋はギンちゃんだ。

ギンとの出会いは、確か五歳の頃だったと記憶している。ナツから『一緒に遊びなさい』

と促され、広い庭で他の親戚の子等と共にかくれんぼや鞠《まり》つきをした。

そして何より忘れられないのは二人きりになった時、奏は通っていた幼稚園で流行《はや》ってい
た『結婚ごっこ』をギンとしたのだ。

『結婚ごっこ』は同じ幼稚園に通っていた大人びた少女が流行らせた、他愛ない言葉遊びだ。親の見ていたドラマの『お嫁《よめ》さんにして』という台詞《せりふ》を意味も分からず好意を持った相手に告げる、文字通りのごっこ遊びである。

子供のする事なので深い意味はなく、告白を受けた相手が頷《うなず》けば『もっと仲良しになる』だけの微笑ましいものだった。

奏としては優しく綺麗《きれい》なギンと仲良くなりたい一心で、『お嫁さんにして』と告白したのである。そんな奏に対してギンは赤い瞳をキラキラと輝かせながら、満面の笑みで頷いてくれたのだ。

――あの時のギンちゃん、すごく可愛かったなあ。銀色の髪とウサギの耳の間に木蓮の花を飾ってあげたら、すごく喜んでくれて……って、あれ？ 確かあの時はお盆だったはず。それにウサギの耳？

これまで奏は、思い出の中のギンに何の疑問も持たなかった。そして自分以外の親族が、彼女の存在を忘れていることが不思議でならなかった。

しかし記憶の中のギンや、ナツの残した絵画の彼女は銀髪に赤い瞳だ。そして白ウサギの

耳を生やしていたことを思い出し、奏は自身の記憶にも疑問を持つ。

考えれば考えるほど、今更だがおかしな事ばかりだ。さらには彼女と会うときは季節を問わず木蓮が咲き誇っており、振《ふ》り袖《そで》姿で軽やかに息も乱さず走り回っていたことも思い出す。

――そうだ、おばあちゃん達も「ギンちゃん」て呼んでたけど、どこの家の子かみんな教えてくれなかった。……違う、あれは分からなかったからなんだ。

素性の分からない少女を可愛がる曾祖母に、意見する者はいなかったと奏は記憶している。奏を含めた子供達は単純に遊び仲間として受け入れていたが、大人達がどう考えていたかは知る由《よし》もない。

二歳下の弟の蒼太は幼すぎたのか、ギンと遊んだ記憶自体が朧気《おぼろげ》のようで、何度か聞いたが『そういえば……そんな子が……いたような？』と首を傾げるばかりだった。

不思議なのは、描き損じに記されていたギンの家とされる場所もそうだ。

ここは本家の裏にある山で、ナツが特別大切にしていた土地だ。これまで親族でさえ、立ち入り禁止と命じられていた。相続の手続きだけは為《な》されていたが、今回の件がなければ立ち入る事などまず考えもしなかっただろう。

山と言うより丘に近い規模だけれど、手入れがされていないので木々が生い茂り麓にあるはずの本家の屋根ももう見えない。

「ねえ伯父さん、ギンちゃんの家って本当にこっちで合ってるの？」

「本家の婆《ばあ》さんがそう言ってたからなあ。信じるしかないだろ——とはいえ、手入れがされてないから、草も伸びっぱなしで道も酷《ひど》い。一体どうやって暮らしてるんだか」

伯父も不安なのか、奏の問い掛けに立ち止まると周囲を見回す。これまで登ってきた獣道でさえ途切れかけており、先へ進んでも家があるとは到底思えない。

「ここって、ナツおばあちゃんの山なんだよね？　そこに住んでるって事は、親戚じゃないの？」

「だったら盆暮れの集まりには、顔を出す筈《はず》だろ？　家族がいるとしてギンちゃん以外は見たことないしなあ……俺はてっきり、ナツばあちゃんの友達か誰かの子供だと思ってたよ」

基本的に那波家の人間は皆おっとりとした性格だ。良くも悪くも多少の事では動じないので、明らかに日本人離れしたギンの姿も鷹揚《おうよう》に受け止めている。

中でも自分とこの伯父は殊更《ことさら》にのんびりした性格だと、親戚の年寄り連中からは良くからかわれていた。

だがそんな伯父でも、獣道すら見えなくなった山道をこれ以上進むのは流石《さすが》に危険だと判断したらしい。

「もう少し進んで何もなかったら戻ろう。裏山で遭難なんてしたら、笑いものになるだけだからな」

「そうだね……って、秀幸伯父さん！　家！」

何気なく目の前の藪を両手で払った瞬間、まるで扉が開いたかのように突然視界が開けた。叫ぶ奏の傍にすぐさま伯父も草をかき分け寄ってきて、二人してぽかんと口を開き固まってしまう。

そこには漆喰《しっくい》の塀に囲まれた日本家屋が建っていたのだ。

「これが、ギンちゃんの家？」

「裏山にこんな大きな屋敷があるなんて、聞いてないぞ。どうなってんだ？」

二人して首を傾げながら、目の前の門に近づく。時代劇に出て来る武家屋敷みたいな大門の前に立つと、センサーでも付いているのか自然に木戸が左右に開く。

「外観は古風だけれど、最近建てたようだな。きっとこっちの事も、インターフォンのカメラか何かで確認してるんだろう。ともかく、開けてくれたんだから入ってみよう。——ごめんください、麓の那波家の者です」

奏はさりげなく扉を確認するが、カメラらしきものは見当たらない。なのに誰かに見られているような、奇妙な違和感を感じる。

——まあいいか。中に入ろう。

立派な彫刻の施された門屋根を潜り、奏は敷地内に入った。相当広い屋敷らしく、門から更に玉砂利の敷き詰められた道が緩いカーブを描いて奥に続いている。

「誰もいないね。玄関まで行った方がいいのかな。……どうしたの伯父さん？」

先に入ったとばかり思っていたのだが、何故《なぜ》か伯父はまだ門の外でうろうろと歩き回っている。声をかけても、伯父は奏の方を見向きもしない。

入ってこようとするのだが、見えない壁に弾《はじ》かれたように途中で動きを止めてしまう。最初は悪ふざけをしているのかと思ったけれど、奏の声に応《こた》えず目も合わせない伯父に不安を覚え始める。

「伯父さん⁉　秀幸伯父さん、どうしたの！」

暫《しばら》くすると伯父は首を傾げながら、踵《きびす》を返す。そして奏のことを忘れたかのように、振り向くこともなく元来た道を下って行ってしまった。奏は何度か呼びかけてみたものの、伯父が戻ってくることはなかった。

気付けばそれまで煩いくらいに聞こえていた鳥の囀《さえず》りや木々が風に揺れる音が消え、辺りはしんと静まりかえっている。

「なんなんだ、ここ？　本当にギンちゃんの家なのか？」

伯父を追って門を出ようかと考えたが、今引き返したらギンに二度と会えない気がした。暫く考えた後、置き去りにされた形になった奏は、意を決して屋敷の方へと歩き出す。

広い庭は隅々まで手入れが行き届いており、枯れ葉の一つも落ちていない。辺りを見回しながら掃き清められた道を歩いて行くと、やがて荘厳な玄関が現れる。

――すごい豪邸。本家より立派だ。

ぽかんと立ち尽くしていると門と同じく自動センサーで動くのか、からりと音を立ててひとりでに引き戸が開く。

恐る恐る中を覗《のぞ》き込むが、全体的に薄暗く生活感はあるのに人の気配は全く感じられない。

「こんにちは。誰かいませんか？」

薄暗い玄関に呼びかけてみても返事はなく奏は途方に暮れる。しかし次の瞬間、着物姿の女性がまるで魔法のように暗がりから姿を現した。

それまで暗かった玄関に光が差し込み、朧気だった相手の姿が明確になる。ゆっくりと近づいて来るその人から、奏は目が離せない。

二十代半ばくらいだろうか。上品な物腰に透き通るような肌《はだ》、人間離れしたその美しい顔に奏は見惚《みと》れてしまう。

この屋敷を見つけてから不可解な現象に気を取られていたが、そんな事はどうでも良くなるほどに目の前に立つ相手の容姿に目を奪われる。

腰まである長い銀髪に赤い瞳。上品な紺色《こんいろ》の着物を纏ったその人の頭には、白い毛に覆われたウサギの耳が生えていたのである。

――ギンちゃん？

幼い頃の初恋の相手が、奏の頭をよぎる。成長したらこうなるだろうと想像したそのままの姿に、思わず名を呼びそうになった。

けれど奏が口を開くより先に、相手が言葉を発した。

「私は銀砂《ぎんさ》。この屋敷の主《あるじ》です。何かご用ですか？」

落ちついた低い声に、相手が女性ではなく男性だと気付く。声を聞かなければ確実に女性だと思い込み、更には初恋の『ギン』と勘違いをしたまま話しかけていたに違いない。

我に返った奏は頭を下げて、勝手に屋敷へ立ち入った非礼を詫《わ》びる。

「突然お邪魔してすみません。僕は那波ナツのひ孫で、那波奏と言います――」

とここで、奏はギンの本名を聞いていなかったと今更思い出した。

彼女がいた頃は、大人も子供もみんな『ギンちゃん』と呼んでいたので、本名が何なのかということに思い至らなかった。ナツも詳しく語ることはせず、結局ギンが姿を消すまで『ギンちゃん』のままだった。

「ええと、この家って……ギンちゃんのお宅でしょうか？」

すると銀砂と名乗った男が、驚いた様子で奏を見据える。

気まずい沈黙に耐えられず、奏は恐る恐る問い掛ける。

「あの、銀砂さんて……ギンちゃんの親戚ですか？」

やはり銀砂は無言だ。

その表情からは、何を考えているのかさっぱり窺《うかが》えない。こうして睨《にら》めっこをしていても仕方がないので、奏は『ここがギンの家』と仮定して、言葉を続ける。

「……実はギンちゃんに、ナツおばあちゃんの形見分けの事でお話があって来たんです。ご在宅でしたら、取り次いで欲しいのですが」

「貴方《あなた》がここへ来た理由は、分かりました」

穏やかな声にほっと胸を撫《な》で下ろしたのも束《つか》の間《ま》、銀砂は無表情のまま冷たい言葉を放つ。

「帰りなさい」

「え……でも、」

「今ならまだ間に合います。帰りなさい」

丁寧だけど、声音から明らかに拒絶されていると分かり奏は慌てた。突然来訪した挙げ句、勝手に屋敷の中にまで立ち入ってしまったのだから不審に思われても仕方ない。

しかしここはナツが所有していた土地で、現在も本家の管理下にある。

本家の土地に家を構えているのであれば、銀砂が那波家を知らない筈はないしナツと交流もあった筈だ。

なのにどうして、拒絶するような物言いをするのか理解できない。しかも『今ならまだ間に合う』とはどういった意味だろうか？

困惑する奏に、銀砂が背を向けようとする。

「待って下さいっ」

引き留めようとして咄嗟《とっさ》に手を伸ばすと、足がもつれて転げそうになった。すると奏のことになど無関心と思えた銀砂が慌てた様子で駆け寄ってきて、体を支えてくれる。

「ありがとうございます。銀砂さん」

「……ああ、君に触れるつもりはなかったのに……」

何処《どこ》か苛立《いらだ》った、あるいは悔やむ様子の銀砂に奏は項垂《うなだ》れる。彼はいきなり現れた侵入者を相当不快に思っているのだと、改めて理解する。

――ギンちゃんに似てるから、露骨に嫌がられるとキツイな。

慌てて離れようとした奏だけれど、腰を抱く銀砂がバランスを崩したのか、より体を密着させるように引き寄せられた。

「す、すみません」

「いや――」

何か言いかけた銀砂の言葉は、屋敷の奥から聞こえてきた騒がしい声に掻《か》き消される。

「銀砂様、お客様ですか？」

「わっ、見ろよ！　人間だぜ歩兵《ほへ》！」

「人間っ」

子供とおぼしき甲高い声と足音に、奏は玄関へと視線を向けた。

――銀砂さんの子供なのかな？　広いお屋敷だし、結構な大家族とか……っ!?

騒ぎながら転げ出てきたのは、着物姿の三羽のウサギだった。それぞれ頭には違った耳飾

りを付け、揃いの着物の上に白いエプロンを着けている。

背丈は奏の腰ほどもあり、器用に二足歩行で近づいて来た。

「静かに。羽仁《はに》。初めまして、私は銀砂様にお仕えしている、伊良《いろ》と申します」

――ウサギが喋《しゃべ》った！

伊良と名乗った白ウサギは、青い朝顔の耳飾りを揺らしながら奏に向かい深々と頭を下げた。どうやら彼はまとめ役のようで、物珍しげに奏を見上げている残りの二羽にも挨拶《あいさつ》を促す。

「こちらは羽仁と歩兵。ほらご挨拶して」

「こんちわー、オレ羽仁です！　どこから来たの？　銀砂様のお友達？」

ぴょんぴょんと跳びはねながら、紅葉《もみじ》の耳飾りを付けた茶色いウサギが好奇心を隠しもせず問い掛けてくる。その背後で大人しそうな黒ウサギが、桜の耳飾りを揺らしながらぺこりとお辞儀をした。

「……こんにちは。歩兵と申します」

背丈と喋り方から、彼等は自分より年下なのだろうと推測する。

驚きはしたが流暢《りゅうちょう》に喋る子ウサギ達の勢いに押され、奏も丁寧に挨拶をした。

「こんにちは。僕は那波奏、よろしくね」

するとなぜか、三羽は顔を見合わせて不安げに耳を伏せた。

「……お名前、私達が聞いてしまってもよかったのですか？」

「だって君達は自己紹介してくれたでしょう？　なのに僕が名乗らなかったら、失礼だし」

「でも銀砂様のお客様なのですよね？」

どうやら彼等は銀砂を気にしているようだが、何故名前を告げただけでそこまで怯《おび》えるのか分からない。

「お客って言うか、勝手に入って来ちゃっただけで……あっ、すみません……」

子ウサギ達の出現に気を取られていたが、奏はまだ銀砂に腰を抱かれたままだと気付き慌てて離れようとした。

顔を上げるとすぐ近くに銀砂の顔があり、赤い瞳と視線が合わさる。人間離れした美貌《びぼう》に見惚れ赤面する奏に、伊良が声を上げた。

「もしかして、『お約束』をされていた方ですか？」

「だったら、泊まっていけよ。おもてなししないとな」

「こら、お前達……」

「銀砂様。ここにいらっしゃる時点で『贄《にえ》』ですし、羽仁の言うとおり『おもてなし』をするのが私達の仕事です。それに私達は、お客様のお名前を聞いてしまいました」

生真面目《きまじめ》そうな伊良の言葉に、歩兵が大真面目に頷いている。だが家主である銀砂が明らかに困惑しているのだから、ここは自分から帰ると言うべきだろう。

奏は断ろうとしたが、ふと心に迷いが生じる。

――でも、ギンちゃんに会わずに帰るなんて……。

幼い頃に交わした、『結婚ごっこ』の口約束を守れと迫るつもりなどない。懐かしい幼馴《おさなな》染《じ》みと、ナツの思い出話でもできれば十分だ。

「なあ、早く入れよ。オレ人間の勉強はしてるけど、こんなに近くで見るの初めてなんだ」

羽仁が奏のシャツを摑《つか》み、好奇心一杯といった様子で見上げてくる。

二足歩行の喋るウサギなんて冷静に考えればあり得ないし、イギリスの幻想小説に出て来る少女のように、不思議の国に迷い込んだのかと思う。

それでも何故か奏は、彼等を奇妙とも気味が悪いとも感じない。

奏はわざと銀砂を無視して、子ウサギ達に頷いてみせる。

「迷惑でなければ、お邪魔したいけど……本当にいいの?」

「勿論《もちろん》ですとも! 羽仁、はしゃぐのは止めなさい。その方は大切な『贄』なのですよ」

「……待ちなさい」

「さあさあ銀砂様、準備は私達がしますので任せて下さい」

「こちらへどうぞ」

歩兵が奏の手を取り、屋敷の中へと歩き出す。

もう片方の手を羽仁が握り、二羽が楽しげに笑う。

「美味《おい》しそうな方だね。色白で羽二重餅《はぶたえもち》みたい」

「綺麗で香りも良いから、絶対美味《うま》いぜ」

「えっと、褒《ほ》めてくれてるのかな？　ありがとう」

意味はよく分からないけど好意は感じるので、奏はウサギ達に丁寧に応える。すると益々《ますます》子ウサギ達がはしゃぐので、奏も自然と笑顔になった。

「さあ銀砂様も戻って下さい。お支度《したく》をしないといけませんから」

「お前達、常々言っているとおり、私は――」

明らかに困っている銀砂の声が聞こえてくるが、奏はあえて気付かない振りをして屋敷の奥へと歩みを進めた。


羽仁と歩兵に連れられて、奏は屋敷内を散策していた。

内部は思っていた以上に広く、どの部屋にも花や掛け軸が飾られており手入れも行き届いている。

しかし不思議な事に、室内に生活感は感じられず住人の気配もない。

「他の御家族は？」

「ぼく達だけですよ」

「こんなに広いのに？」

「銀砂様の使う屋敷の中じゃ、狭い方だぜ」

驚く奏に、羽仁が当然と言った様子で答える。

銀砂が一番気に入っているという庭に面した部屋に案内され、奏は目を見開いた。八畳ほどのスペースには、立派な大木だっただろう杉の一枚板を使った机。その上には色とりどりの茶菓子が置いてある。

「夕餉《ゆうげ》までは、こちらでお寛ぎ下さい」

「用があったら、この鈴を鳴らしてくれればオレか歩兵が来るから」

掌《てのひら》に収まる少し大きな鈴を渡され奏が頷くと、二羽は『支度があるから』と言って部屋を後にする。

しんと静まりかえった部屋に取り残された奏は、とりあえず伯父に連絡しておこうと思いポケットからスマホを取り出す。

「秀幸伯父さん、様子が変だったけど大丈夫かな」

数メートルも離れていない自分の姿が、まるで見えていないようだった伯父の様子を思い出し、今更ながら奏は首を傾げる。

ともかく、銀砂と名乗る男に接触でき、今夜はその家に泊まることだけでも伝えなければ、本家の親戚達は心配するだろう。

だが何故か画面には圏外と表示され、メッセージアプリも起動しない。

――おかしいな。本家は普通にスマホの電波入るし、近くにショッピングモールもあるくらいなのに。

奏の実家よりは田舎《いなか》とはいえ、本家は十分に電波の圏内だ。それに麓から登って来る途中で、何度も地図アプリを使い位置確認をしている。

――銀砂さんにウサギの耳が生えてたり、そもそも子ウサギが喋ったりするんだから不思議な事があっても当然か。

昔から、良く言えば適応能力が高く、悪く言えば何も考えていないと家族からはからかわれてきた。特に弟の蒼太からは、もっとしっかりしろと散々叱られているが、それにしても我ながら妙に落ちついてしまっている。

「悪い人達じゃなさそうだし。それにギンちゃんにも会いたいし――帰ったら説明しよう」

ギンがここにいるとしても銀砂は会わせたくない様子だが、同じ屋敷にいればすれ違うくらいの可能性はある。何より伊良達は奏の滞在を歓迎してくれているので、頼み込めばこっそりと会わせてくれるかもしれない。

そんなことを考えながら何気なく縁側に面した障子《しょうじ》を開けると、花々の咲き乱れる見事な庭が現れて奏は感嘆の溜息《ためいき》をつく。

ナツの住んでいた本家と同様、立派な木蓮を中心に季節の花が咲き誇っていた。だが暫く眺めていると、違和感に気付く。

「そりゃ、今は春だけど。こんなに花って咲くのかな？」

思わず口に出してしまうほど、目の前の光景は奇妙な物だった。

白い木蓮の下には牡丹《ぼたん》に薔薇《ばら》。雛菊《ひなぎく》やヒヤシンスなどが、綺麗に配置されている。庭の奥には藤棚《ふじだな》があって、紫色の総《ふさ》を揺らしているのが見えた。

花には疎い奏でも、季節感が統一されていない事だけはなんとなく理解できる。それにこれだけの敷地を手入れするには、銀砂や子ウサギ達だけではまず無理だ。

縁側に座ってぼんやり眺めていると、いつの間にか伊良が傍に来ていた。

「退屈でしたか？」

「ううん。庭が綺麗だから、眺めてたんだ」

「お気に召《め》したようで良かったです。そろそろ夕餉ですので、お着替えをと思い参りました」

「着替え？」

「はい。奏様は大切な『贄』ですので、相応《ふさわ》しい着物をご用意致しました」

心から嬉しそうにしている伊良だが、時々妙な単語を口にするのがどうも引っかかる。

――さっきから『ニエ』って何度も言ってるけど。なんなんだろう？

けれど好意に水を差すような真似《まね》はしたくなかったので、奏は疑問を心の中に留《とど》めることにした。

「押しかけちゃったのは僕だから、気にしないでよ。そんな気遣いしなくていいし、みんなでご飯にしよう。まさか、銀砂さんと二人きりとかじゃないよね」

するとと図星だったのか、伊良の視線が揺れる。奏を歓迎していない銀砂と二人きりなんて、考えただけでも息が詰まる。そこで奏は、伊良の手を取り頭を下げた。

「折角だから、伊良ちゃん達も一緒に食べようよ。銀砂さんには、僕が我《わ》が儘《まま》言ったって説明してくれればいいから」

「私共も宴《うたげ》の席に同席してよろしいのですか？　羽仁と歩兵も喜びます！」

生真面目そうだが、やはり根は子供なのだろう。奏の提案に耳をピンと立てにこにこと笑う。

気付けば日も大分傾いており、庭に作られた小川には淡い光を放つ蛍《ほたる》が飛び交っていた。

和服を着付けて貰った奏は、夕餉は別室で取ると説明され、迎えに来た歩兵と共に廊下を歩く。さりげなく周囲を見てみても、やはり人の気配は感じられなかった。

――住んでるの本当に、銀砂さん達だけなんだ。

ざっと数えただけでも十を超す部屋があり、どこも隅々まで整えられている。幾つもの廊下を曲がりやっと辿《たど》り着いた広間には、漆塗《うるしぬ》りの膳《ぜん》が五つ並べられていた。

歩兵に促され座布団《ざぶとん》に座ると、どこからともなく銀砂が現れて当然のように隣に座った。

相変わらず無表情で、何を考えているのかよく分からない。

「お酒は召し上がりますか？」

「まだ未成年なので、何か別のものを頂けると有り難《がた》いです」

「分かりました。口に合わない物があれば、遠慮なく言って下さい」

気遣ってくれる銀砂の口調は丁寧だ。つい先程まで奏の滞在を渋っていた人物とは、とても思えない。

――嫌われているのかと思っていたけど、隣に座ってくれたって事は完全に拒絶されてる訳じゃないって思っていいのかな。

二人の周囲では伊良を筆頭に子ウサギ達が大皿で料理を運んできて、膳に並んだ小皿にあれこれと取り分けてくれる。

子供の彼等を差し置いて料理に手を付けるのも気が引けたので、奏は子ウサギ達が落ちつくまで銀砂と話をしようと気持ちを奮い立たせた。

「改めてなんですが、銀砂さん。ギンちゃんは、ここに住んでいないんですか？」

すると伊良達が何か言いたげに、ちらと銀砂を窺う。

彼等が『ギン』に関して何か隠しているのは明白だ。しかし銀砂は奏の問いに答えず、逆に質問を返して来た。

「貴方はギンの事を、忘れていたのではありませんか？」

「まさか。ずっと覚えてました」

これには銀砂も意外だったようで、興味深げに奏を見つめる。その眼差《まなざ》しはまるで心の奥まで見通すようだ。

「信じられないでしょうけど……その、僕にも上手《うま》く説明できないんですが、ギンちゃんの話をしても、家族からも親戚からも覚えてない、知らないって言われて……住所も分からないから手紙も出せなかったんです」

それが最近になって、親族一同が急に思い出して騒ぎになった事。更にはまさかこんな近くに家があるなんて、ナツのメモ書きが見つかるまで親族一同知らなかったのだと奏は続ける。

言い訳にしても馬鹿馬鹿しいと一蹴《いっしゅう》されても仕方がないが、奏としては自分の知る真実を告げるほかない。

「妙な言い訳ばかりで、すみません。でも僕がずっとギンちゃんの事を思っていたのは本当です。少しだけでも会えませんか？」

もしギンが、恋心まではないとしても、友人として奏を好いていてくれたなら、何の連絡も来ないことを悲しんだだろう。

銀砂がギンの親族だとすれば、奏に対して良い感情はないのも理解できる。

「――どうしてそこまで、ギンに執着するのですか？」

『執着』という単語には、明らかな棘《とげ》が滲《にじ》んでいたのを奏は聞き逃さない。

何故彼が怒っているのか本質的な部分は分からないけれど、きちんと説明しなければ彼は納得しないだろう。

「子供の頃ちょっとした約束をしてて……その話がしたいと言うか……」

けれど子供の口約束とはいえ、『結婚ごっこ』などという恥ずかしい遊びを真面目に説明するのは気が引けて、奏は言葉を濁す。

「約束？　形見分けの話をしに来たのではないのですか？」

「形見分けのことも、嘘《うそ》じゃありません。それと僕が個人的にギンちゃんに会いたかったのも本当です。何年も連絡を取らずにいて、突然何なんだって思うのはよく分かります。図々《ずうずう》しいお願いだと承知してますが、どうか一目だけでもギンちゃんに会わせて下さい。居ないのでしたら手紙だけでも渡したいんです」

奏は縋《すが》るように、真っ直ぐ銀砂を見つめる。

結婚の約束をした翌年、ギンは『長居しすぎた』と奏に告げ姿を消した。同じ年に曾祖母も病に倒れ、施設で生活を始めたのである。

子供だった自分はギンとの別れを悲しんだが、その言葉について深く考えることはできなかった。

きっとまた会えるのだと、子供特有の無邪気な楽観で日々を過ごしていたのだ。

でも月日が経つにつれ、親戚や家族はギンのことをまるで初めから知らなかったかのように忘れ、それを訝《いぶか》しみ悲しむうちに自分が『恋愛対象として』ギンを見ていたと気付いた。

あの当時、ギンが奏の告白をどう受け止めたか分からない。自分より少し年上のようだったし、頭も良かったと思う。頷いてくれたという事は、意味を理解しての事だったのかと、時折考えてみたが答えが出ることはなかった。

無言の銀砂に代わり、伊良が口を開く。

「奏様は、そのお約束を叶《かな》えるためにいらしたのですよね。お約束を守って下さる誠実な方で良かったです」

真面目に伊良が頷くので、奏は首を横に振る。

「子供の頃のことだから、ギンちゃんは約束なんて本気にしてないと思うよ。それに僕の気持ちを、押し付けるつもりもないし――ギンちゃんが会いたくないなら、諦めるよ」

「そんなことないぞ！　だって……」

「羽仁」

言いかけた羽仁の言葉を、銀砂が鋭く遮った。しょんぼりと項垂れる羽仁に、奏は罪悪感を覚える。

自分があまりにもギンに拘《こだわ》るからだろう、素直な子ウサギ達は彼等なりに応援してくれている。しかしそれは、家主である銀砂に逆らうことになるのだ。

「何年も会ってないのに、いきなり訪ねて来て会わせてほしいなんて、失礼ですよね。図々しいって僕も分かってます」

子ウサギ達の好意に、奏が乗ってしまったのは銀砂も気付いているはずだ。

「図々しいなんて思いませんよ。しかし、今の貴方はギンに会えません」

「銀砂さん」

「食事にしましょう」

話題を打ち切るように、銀砂が手を叩く。それまで所在なげにしていた子ウサギ達が再び忙《せわ》しく皿を運び込み、膳の上だけでなく奏の周囲にも大皿の料理が所狭しと並ぶ。

「いただきます。――美味しい」

奏は伊良が取り分けてくれた煮物を口に運び、素直な感想を告げた。

――この味。もしかして、ギンちゃんが作ったのかな。

年老いても矍鑠《かくしゃく》としていたナツは、病に倒れる直前まで自ら台所に立っていた。特に親族が集まる盆や正月は、ギンと共に煮物を作っていたと奏は思い出す。

「銀砂様が手ずから作られたんですよ」

「そうなんですか？」

とても台所に立つようには見えないが、伊良が言うのなら本当なのだろう。銀砂は特に答えず、黙々と焼き魚を食べている。

――綺麗な、人……でいいのか？

白いウサギの耳と、長い銀色の髪。奏の視線に気付いたのか、向けられた赤い瞳は身震いするほど美しい。髪を染めたり、カラーコンタクトを入れている訳でもなさそうだ。

冷静に考えなくとも、この屋敷に来てからおかしな事ばかりだ。

まずこれ程大きな家が建っていて人が暮らしているのなら、本家に住む親族や近所の住人が気付かない筈がない。

それに二本足で歩き回り、人の言葉を喋る子ウサギ達。

――おかしい、けど……別に酷い事をされてるわけじゃないしなあ。どっちかって言うと、迷惑かけてるのは僕だし。

元々が楽天的というか、死んでしまうようなことでなければ気にならない性格だ。

奏は余計な質問をする方が失礼になると考え、あえてこの状況をそのまま受け入れようと決める。

一度腹を括《くく》ってしまうと、奏は傍でヤマモモのジュースを注いでいた伊良に声をかける。

「ほら、みんなで食べようよ。こんなに沢山は、銀砂さんと二人じゃ食べきれないし」

「いえやっぱり私達は、お客様の後にします……」

やはり銀砂がいると気が引けるのか、伊良が首を横に振る。しかし子ウサギに御酌をさせて、のんびりと食事を楽しむのはやはり落ち着かない。

「伊良達も一緒に食べていいよね、銀砂さん」

「構いませんよ」

主の許可が出たので三羽はそれぞれの席に座り、おずおずと料理に手を伸ばす。

「銀砂さんも伊良君達もウサギ……っぽいけど、肉や香草とか大丈夫なんだ」

「私達はあやかしですから。人と同じ物を食べますよ」

さらりと言われて、奏はどう反応すればいいのか一瞬迷う。

――アヤカシって……ええっと、蒼太が持ってる漫画に出てきたような？

偶《たま》に弟から借りて読む漫画に、そんな怪物が出てきたような気がする。けれど漫画の主人公と敵対する『アヤカシ』と、銀砂達は似ても似つかない。

「えっとそのあやかしっていうのは、色々いるの？」

「はい。お肉しか食べない偏食家もいますけれど、ぼく達はお肉もお野菜もきちんと食べます」

「好き嫌いがない、健康なあやかしなんだぞ」

素直に答える子ウサギ達が悪いものには思えないし、何より敵意どころか自分に好意を向けてくれている。

「そっか、僕達と同じ物が食べられるならお礼に今度は僕が何か作るよ。お菓子とか好き？」

「銀砂様も俺達も、クッキーが好きなんだ！　胡桃《くるみ》とチョコチップの入ったやつ！」

黙り込んだ銀砂に代わり、羽仁が元気よく答えた。

――ギンちゃんと同じだ。

ナツが作った素朴なクッキーを頬張っていたギンの姿を思い出す。恐らくギンは、あの頃ナツからレシピを教わっていたのだ。この屋敷に戻ってからも、作り続けていたのだろう。

そして銀砂は、そのクッキーを食べていた。

何も言わず食事を続ける銀砂を見ていると、どうしてもギンを思ってしまう。自分の記憶にある幼い少女も、美しい銀色の髪と赤い瞳をしていた。

性別は異なるが、彼女が成長したら銀砂のようになるのではと考える。

――そうだ確かナツおばあちゃんの作品に、ギンちゃんが成人した姿を想像して描いた物もあったはずだ。

連作『銀』のシリーズには、副題が付けられた物が幾つか存在する。ただそれらは全て美術館に寄贈されており、ひ孫の奏でも簡単に見ることはできない。

代表作は、木蓮の下で鞠遊びをする幼女を描いた『白木蓮《はくもくれん》』。この絵が切っ掛けで、ナツは女流画家として認められたと言っても過言ではない。

次いで有名なのは、成人女性を描いた『玉兎《ぎょくと》』のシリーズだ。けれど『玉兎』は『白木蓮』と違い、滅多に展示はされない。

ウサギの耳を生やした振り袖姿の女性という、一風変わった題材にも拘《かか》わらず発表当初から画壇の評価は高かったと父から聞いていた。

最後に見たのは数年前だが、当時も『美人画の名作』として様々なメディアに取り上げられていたと記憶している。

近年ではアニメやゲームのクリエイターがインタビューなどで、那波ナツの影響を受けたと明言しているらしく、年齢問わずファンも多い。

「どうしました？」

無意識に見つめていたと気付いて、奏は真っ赤になった。

「ナツおばあちゃんの絵みたいに、綺麗だなと思って……って、すみません。いきなり変な事言って……」

「いいえ」

にこりと笑う銀砂に、奏は益々見惚れてしまう。けれど続いた言葉に、別の意味で驚いた。

「けれど君の方がずっと美しい」

「え？」

どう考えても、銀砂の方が美人だ。卑屈でも何でもなく、奏は自分の容姿がごく平凡だと自覚している。

母親譲りの色白でスポーツも得意ではない。背も余り高くないので、同年代の女子と間違われ同級生からからかわれる事も少なくない。

けれどそれは決して『可愛い』とか『綺麗』という意味合いでないことは、奏自身が一番理解していた。

「いや、そんな気を遣わないで下さい」

「奏君は、自分を知らないだけだ。清らかな心根が、容姿にも表れている」

褒め殺しのような言葉を口にする銀砂の手には、いつの間にか銀細工の髪飾りが握られていた。

「手品、ですか？」

「わあっ、宝物庫の品ですね」

伊良達が近づいてきて、銀砂の手元を覗き込む。その間にも彼は着物の袖から次々に高価そうな装飾品を出し、奏の前に並べ始めた。

首飾りに腕輪、帯や珊瑚《さんご》の根付。どれも細かな細工と宝石に彩られており、宝飾品に興味のない奏でもそれらが高級な品だと一目で理解した。

気付けば奏の周りには、やたらきらびやかな品が山積みになっていて呆然《ぼうぜん》とそれらを眺める。

「君に似合いそうな物を選びました」

銀砂が宝石で作られた藤の髪飾りを手に取り、奏の髪に添える。

「気に入った物があれば、持って帰って構いませんよ」

「それはできません」

奏がきっぱりと断ると、銀砂が笑顔を消して俯《うつむ》いた。

「何故です。気に入りませんか？」

「こんな高価なものを頂けません。それと多分だけど……これ一つでも受け取ったら、僕は帰らないと駄目なんですよね……」

子供の頃に読んだ昔話に、似たような話があったと記憶している。完全な勘だけど、奏は髪飾りを外して銀砂に返した。

するとやはり奏の推測が正しかったのか、銀砂は硬い表情のまま席を立つ。

「食事を終えて少し休んだら、湯を使いなさい」

そう言い残して銀砂が部屋から出ると、奏の周囲に山積みになっていた装飾品は一瞬にして消えてしまう。

まるでテレビで見るイリュージョン・ショーのような現象だが、奏はさして驚かない。それよりも、明らかに不機嫌になってしまった銀砂の様子ばかりが気にかかった。

「えっと、ごめんね。銀砂さん怒ってたよね。謝らないと……」

「奏様はすごいですね！」

「あの宝物を受け取らなかった人間はいないんですよ」

「里のウサギだって、目が眩《くら》んじゃうんです。なのに断れるなんて。やっぱり特別な方なのですね」

失礼な物言いをして銀砂の気分を害してしまったと反省する奏に対して、どうしてか伊良達は口々に奏を褒める。訳が分からなかったが、ともかく即刻退去を回避できたのは分かったので、奏は内心胸を撫で下ろした。


薄暗い廊下に正座をして項垂れている伊良達の前で、銀砂は深く溜息を吐く。

奏を湯殿《ゆどの》へと案内し終えた伊良達三羽を正座させ、お説教タイムを開始したのである。

悲しいような困ったような表情で、銀砂は伊良達を叱る。

「勝手な真似をしてはいけないと、いつも言っていますね」

「申し訳ございません。ですがあの方は、自らの意志で残ると仰《おっしゃ》ったのですよ。それに入って来れたということは、この屋敷に招かれたという事ですので拒めません」

「――彼が帰りたいと申し出れば、帰り道を作るつもりでいたんだよ。たとえ招かれた身でも、本人が望めば引き留められない。お前達も重々承知しているだろう？」

屋敷の中へ勝手に招き入れたことを叱っているのだが、伊良達は謝りながらも腑《ふ》に落ちない様子だ。

「でも銀砂様は、待ってたんだよな？」

「銀砂様は奏様が美味しく育つと分かっていたから、気にかけていたのではないの？」

銀砂の屋敷は、無欲で困りごとを抱えた人間だけを招き入れる。代わりに一歩踏み入ったが最後、結界が働き幾つかの約束事に従わなければ出られない仕組みになっている。

こういった約束事は屋敷の主によって異なるけれど、大抵はそこにしかない品を土産《みやげ》として受け取るか、当主に『帰りたい』と願い出ることだ。殆《ほとん》どの人間は前者の方法で立ち去るのだけれど、奏は宝物庫の品に目もくれないばかりか、自ら留まると言ってしまった。

こうなると主である銀砂でも、無理矢理屋敷から追い出すことはできないのである。

あやかしの屋敷に留まる人間というのは、屋敷の当主へ『捧げられた供物《くもつ》』に他ならない。

「美味しく育って戻ってきたのですから、頂きましょうよ。人間は私達より弱いけれど、料理すれば最高の妖力《ようりょく》を得られる食材だって大爺様《おおじじさま》から聞いてます。奏様は自ら供物になりに来られたのですから、問題ないですよね」

伊良の言い分も分かるが、銀砂は首を横に振る。

本来、人を食べる事はあやかしにとって当たり前の行為だ。しかし好き勝手に狩って食べるのは眷属《けんぞく》の中でも特に力のないものの蛮行であり、銀砂のような高位のあやかしは『生け贄』のみを食す。

人間が『生け贄』を用意する風習はなくなって久しいが、自ら望んで身を差し出す者は少なからずいる。そういった人間は何かしら我が身を捧げてでも叶えたい望みを持っているので、代々の長《おさ》は願いと引き換えにその身を喰《く》らってきた。

……というのは建前である。

他の一族は知らないけれど、少なくとも銀砂が継いだ玉兎一族の長は強い妖力を持て余しているので、人を食べる事に全く意味がない。現に銀砂へ力を渡した先代も、『人は弱く愚かだが、同じくらい慈しむべき存在でもある』と常々言っていた。

銀砂も先代の意見に概《おおむ》ね賛成していたし特別人間の肉に惹《ひ》かれなかったので、希《まれ》に現れる『自ら願い出た生け贄』に関しては願いを叶えた上で遠く離れた土地に放していた。これは人間達の間で、所謂《いわゆる》『神隠し』と呼ばれていたようだ。

ともあれ奏は、銀砂が初めて心を奪われた初恋の相手だ。

「お前達には、私も代々の長も、人食いはしていないと教えたはずだよ。それともお前達は、人食いをして妖力を得たいのかな？」

「そうではありません！　私も羽仁も歩兵も、銀砂様に喜んで欲しいだけなんです。銀砂様の贄を食べるなんて、そんな無礼は致しません！」

「意地の悪い言い方をして、すまなかったね。しかし言いつけを破ったのだから、仕置きをしなくては……」

涙目になった子ウサギ達の頭を撫でようか悩んだが、ここで優しくしてはまた彼等が暴走しそうなのでわざと怒っている風を装う。

――私にとって、彼は慈しむべき人間という以上に特別な存在だ。何としてでも、無事に帰さなくてはならない。

彼が屋敷の門を潜った瞬間、心の底へ沈めていた恋慕の情が懐かしさと共に蘇ったのは否めない。

幼いあの頃のまま純真な心に何一つ穢《けが》れがないことに、銀砂の魂は喜びに震えた。

煩わしい当主の座から逃げ、気まぐれに逗留《とうりゅう》していたナツの屋敷で愛《いと》しい彼に出会った日が昨日の事のように思い出される。

――自分が当主でさえなければ、奏を攫《さら》いすぐにでも我が妻にしてしまいたかったが……いや、彼の幸せを思うのならば、人間として生を全《まっと》うさせることが正しい道だ。だから己が奏にそんなにも想われている『ギン』であることを明かすわけにはいかない。

銀砂が玉兎の里を出奔したのは、ナツがまだ若き乙女《おとめ》だった頃に遡る。

各地にはまだあやかしが人里近くに多くいて、異界と人間世界とを隔てる境界も大分曖昧だった。

人が現世を憂いた時、その場に偶然あやかしがいれば、簡単に異界と繋がる。そんな緩やかな時代であった事も二人が出会う切っ掛けになった。

若くしてナツは画壇デビューを果たしたものの、男性社会の嫉妬と圧力に屈して筆を折りかけていた。気分転換にと親戚に勧められ、当時は別荘として使われていた家に滞在していた時、この森で銀砂と出会ったのだ。

折しも銀砂も、『富を司《つかさど》る力』と呼ばれる強大な妖力を引き継いだ故《ゆえ》に生じる、やっかみやら何やらに疲れ果てていた。年寄りからは『務めを果たせ、子を作れ』とせっつかれ、兄弟からは羨望と嫉妬の混じった視線を向けられる日々。更には次から次へと生じる意味のない務めに嫌気が差し、若気の至りで里を出たところだった。

異種族だが、何処か似たもの同士で意気投合したナツと銀砂はすぐに打ち解けた。当時ナツには夫がおり、銀砂も人間を娶《めと》るつもりはなかったので、互いに心強い友という間柄に収まった。

お互いの事情が分かると、ナツは銀砂に対して画のモデルになる事を条件に、屋敷に匿《かくま》うと申し出たのだ。

その際、人や同族への目眩ましも兼ね『ギン』と名を変え、姿も人間の幼女と変わらないように化けたのである。

ただしウサギの耳だけは面白がるナツに乞われて、残していた。

ナツは銀砂の持つ『富を司る力』に惑わされない珍しい人間だった。真摯《しんし》に絵と向き合う彼女の傍は気が楽で、世継ぎ問題もすっかり忘れることができた。

ただ、問題がなかったわけではない。

惑わせてしまわないよう妖力を抑えていれば、大抵の人間はあやかしの存在を無視する――というか、感知ができない。

彼女の子孫や弟子とは殆ど会話をしなかったが、それでも中には霊感とも違うが、敏感に存在に気付く者や、『富を司る力』に惹かれて無意識に銀砂と交流しようとする者も現れる。

最初は何かと構ってくれる奏も、妖力の恩恵を無意識に受けようとしているのだろうと警戒したが、すぐに『惑わされた親族達から、銀砂を守ってくれている』と気が付いた。

子供なので、できる事といえばかくれんぼに誘い庭の片隅でじっとしているとか、食事の時は必ずナツと自分の間に銀砂を座らせるようにするなど微笑ましいものばかりだった。

自分を認識しながらも妖力に惑わされず、さらには銀砂を庇《かば》おうとしてくれる。可愛らしくて果敢な奏に、心惹かれていくのは自然な流れだった。

奏と会えるのは年に数回、彼がナツの元を訪れるときだけ。自ら会いに行きたくても目眩ましの結界を張りやすいナツの屋敷から出れば、すぐさま里のウサギたちに居場所を知られ、面倒ごとになるのは目に見えている。

事情を察したナツから『待ち人を想う時間も、いいものよ』と教えられてからは、会えない日々も我慢する事ができた。

けれど穏やかな日々は、あっさりと壊された。

長の不在で妖力の弱まった里のウサギ達は、必死の思いで銀砂を捜し出したのである。彼等は銀砂の望みは全て呑《の》むと頭を下げた。

そんなウサギ達を無下にできずナツに暇《いとま》を告げようとした矢先、事件が起こる。

奏と過ごせる最後の日に、彼が『お嫁さんにして』と言ったのだ。

愛しくて堪《たま》らない奏からの申し出は、本来なら喜ばしい言祝《ことほ》ぎだけれど、聞き耳を立てていた里のウサギ達は『長が戻る日に、祝いの贄が来た』と思い込んだのである。

相手が同族であれば、問題なく祝言《しゅうげん》を挙げられる。しかし子孫繁栄を第一に考える玉兎一族においては、子を生《な》しにくい異種族——とりわけ人との婚姻《こんいん》は御法度《ごはっと》だ。

ましてや人間が長の正妻になるなど、あり得ない。例外的に認められるとすれば、妖力の糧として長に献上される『贄』になる事だけ。

そういったしきたりは代々の長から教えられていたので、銀砂はすぐにナツへ事の次第を報告し別れを告げた。もうこれきりで、人には関わらないと決めたつもりだった。

しかしナツは銀砂の心情を見抜いており、別れ際に静かな声で諭したのだ。

『私もお前も、一度は逃げた。けれど今度は逃げちゃいけない。里に戻ったら後に続くウサギ達が幸せになれるよう仕事をしろ』と。

そして『諦めるな』と笑った。

何を指したのかは分からなかったが、銀砂はナツの言葉を言霊として受け取った。そして奏に別れの挨拶もしないまま、後ろ髪を引かれる思いで彼女の屋敷を出たのである。

——あの時、少しでも迷っていれば奏は神隠し同然に攫われて、『贄』になっていた。

連れ帰りたい気持ちを抑え銀砂は里に戻り、これまで代々の長が為しえなかった里の改革に乗り出したのだ。

手始めに政略結婚の廃止を命じた。身分ではなく好いた相手と添い遂げられるようになり、若いウサギ達は当然ながら喜んだ。

他にも細々した決まり事や意味のない慣習を止めさせ、人に対して害を為さなければ里を出ても良い事にした。

そして数年後、里の混乱を落ちつかせると、ナツの住む屋敷の近くに居を構えたのである。未練がましいと自覚はあったが、年に数回、屋敷から奏の気配を感じるだけでも心は穏やかになった。

けれど自分から奏の元へ赴こうとしなかったのは、未だ玉兎の中には古い慣習に従う老ウサギもいるからだ。現に伊良達のような血統の良いウサギを教育する『大爺様』と呼ばれる者達は、新しいしきたりを受け入れていない。

もしも奏が屋敷に入ったなどと知られれば、強硬手段に出るに違いなかった。

「……彼には自主的に、この屋敷から出て行って貰います」

愛しい相手だからこそ、あやかしである己とこれ以上関わらせてはならない。揺れ惑う心に見ないふりを決め込んで、銀砂は毅然《きぜん》として告げる。

銀砂がいくら強い妖力を持っていても、屋敷の結界を破って出るには奏自らの言霊と意志が必要になる。

何より屋敷を出た後、『富を司る』銀砂の力を完全に消すためには奏が『拒絶する』必要があるのだ。

「でも銀砂様」

「これ以上私に隠れて勝手な事をしたら、相応の仕置きをしますよ」

「……ごめんなさい」

「『ギン』の存在も、他言無用です。分かりましたね」

何か言いたげな伊良達に、銀砂はわざと強い口調で厳しく申し渡す。その瞳が切なく歪《ゆが》められていることには、子ウサギ達も当人も気付けずにいた。

「はー気持ち良かった」

伊良に案内された浴室は、本家が水回りのリフォームをする前に使っていたのと同じ五《ご》右衛門風呂《えもんぶろ》だった。

入るのに少しコツがいるけれど意外に体は覚えているもので、奏は懐かしい風呂釜を満喫した。脱衣所には新品の浴衣《ゆかた》と薄手の羽織が置いてあり、古風な日本家屋と相まってまるで高級旅館に来たような感覚だ。

――下着がないのはちょっと恥ずかしいけど。いきなり来ちゃったのは僕の方だし、これくらいは我慢しないとな。

いくらもてなされたとはいえ、自分は本来、招かれざる客人だ。ナツのひ孫という立場でなければ、とっくに追い返されていただろう。

庭に面した部屋に向かう途中、廊下を歩いていた奏はふと庭に視線を向けて立ち止まる。

暗い庭に、ぼんやりと木蓮の花が見えたのだ。

「ギンちゃんと会うときは、いつも花が咲いてたっけ」

ギンがいなくなった次の年、奏はずっと庭の木蓮を見上げていた。あれから木蓮は春にしか花を咲かせなくなった。

当たり前の事だけれど、それまでは時期を問わず奏が行けばギンが満開の木蓮の下で待っていたので、落ちつかない気持ちになったのを思い出す。

ライトアップされている訳でもないのに、白い花が闇の中に浮かぶ。

――ギンちゃんに会いたいな。

懐かしい姿を思い浮かべると、どうしても銀砂の姿が重なる。

暫く木蓮を眺めていた奏は、ぶるりと身を震わせた。昼間は大分暖かかったが、日が落ちると途端に気温は下がる。

「部屋に戻ろう」

呟《つぶや》いて歩き出した奏だが、幾つか廊下を曲がったところで自分が迷っていると気が付いた。

廊下に電球は灯《とも》っているものの、薄暗いオレンジ色の灯《あか》りは心許《こころもと》ない。

「すみません。あの、誰かいませんか?」

近くの障子を開けて声をかけてみても、人の気配はない。ちらと覗いた室内は家具の一つもなくがらんとしており、部屋の真ん中にぽつんと行燈《あんどん》が置いてあるだけだ。

なんとなく隣の部屋も覗いてみたが、やはり行燈だけが灯されている。

急に怖くなって、奏は辺りを見回す。

――銀砂さんや伊良君達がいるんだから、お化け屋敷じゃない、大丈夫。えっと……夕食を取った部屋と僕の部屋は近かったから、このまま進もう。

庭に面した廊下を行けば、最悪一周しても広間に出られるはずだ。運が良ければ、後片付けをしている伊良達に会えるかも知れない。

薄暗い廊下を足早に歩いていた奏は、少し先から聞こえてくる声に安堵《あんど》してほっと息を吐く。どうやら予想していた通り、まだ食事の後片付けをしていたようだ。

「あ、良かった。銀砂さ……」

声をかけようとしたが、奏は徒《ただ》ならぬ雰囲気を感じて咄嗟に口を噤《つぐ》む。

そっと柱の陰から様子を窺うと、廊下に正座をした伊良達の姿が見えた。

――伊良君達、銀砂さんに叱られてる……なんで⁉

耳を伏せ項垂れる三羽に向かい銀砂が何か喋っているが、夜風の音が邪魔をして内容は詳しく分からない。

出て行くタイミングを逃した奏は、どうしたものかと考える。と、その時、聞き逃せない名前が耳に聞こえてきた。

「『ギン』の事も、他言無用です」

――やっぱり銀砂さんは、ギンちゃんの事を何か知ってるんだ！

その名前を聞いた瞬間、奏は思わず銀砂達の前に飛び出してしまった。

「銀砂さん、今ギンちゃんの話してましたよね！」

「……奏君。いつからそこに？」

驚いている銀砂と伊良達を見て慌てるが、取り繕《つくろ》っても心証を悪くするだけなので素直に頭を下げる。

「盗み聞きしてすみません。風の音でよく聞こえなかったけど、ギンちゃんの話、してましたよね？　……その……ギンちゃん、やっぱりこの家に住んでるんですか？」

するとあからさまに、銀砂が視線を逸《そ》らす。

「その話はいずれ。今日はもう休みなさい」

「銀砂さん」

「それと、無断で部屋から出ないと約束して下さい。今後は、湯殿への案内とその帰りにも伊良達を使わします。些細《ささい》な用でも、必ずこの者達をお呼びなさい。破った場合、命の保証はしません」

冷たく告げて踵を返した銀砂に、奏はがっくりと項垂れた。

いくら何でも『命の保証はしない』など冗談だろうけれど、そんなふうに脅すほど疎ましく思われていると突きつけられれば流石に傷つく。

「やっぱり教えて貰えない……」

諦めて部屋に戻ろうとすると、二人の遣《や》り取りを黙って見ていた伊良達に取り囲まれた。

「ありがとうございました」

「奏様が来てくれて助かったぜ」

「まさか、奏様が庇って下さるなんて。感激です」

――庇ったわけじゃないんだけどな。

たまたま叱られている最中に出くわし、『ギン』の名前に反応して飛び出しただけだ。だが彼等にしてみれば、お説教タイムから解放してくれた恩人に違いない。

「銀砂さん、なんで怒ってたの？　君達が悪戯《いたずら》するようには思えないけど」

なんとなく好奇心で聞いてみると、予想していなかった答えが返される。

「その、銀砂様に喜んでほしくて奏様へおもてなしをしたのですが。勝手な事をしたと、気分を害されて……」

「それって、もしかしなくても僕のせい？」

「違います！　奏様は悪くありません」

伊良が首を横に振るけれど、どう考えても発端は自分だ。

彼等の年齢は分からないけど、口ぶりやふわふわとした毛並みからしてまだ子供だろう。いくら礼儀正しいとはいえ、まだ子供のウサギ達に結果として気を遣わせる事になってしまった。

「招待されてないのに押しかけて、ご飯やお風呂まで頂いちゃった僕が失礼だったんだよ。ごめんね」

図々しく屋敷に立ち入って勧められるまま飲み食いし、その上、風呂まで頂いてしまった。挙げ句、しつこくギンの所在を聞き出そうとしているのだから、銀砂が怒るのも無理はない。

「本当に、ごめんね。朝になったら、すぐ帰るから」

「それはいけません！　銀砂様が悲しみます」

「え、でも僕はあの人に嫌われてるんじゃないの？」

正直、彼が何を考えているのか奏にはよく分からない。

気遣ってくれたかと思えば、突き放すような冷たい言葉をぶつけてくる。特に『ギン』に関しては何かしら思うところがあるらしい。

だが子ウサギ達は口々に違うと訴えてくる。

「銀砂様は、照れてるだけですよ」

「奏様の頼みなら、なんでも聞いてくれるぜ」

「絶対大丈夫」

「そうは思えないけど」

先程の冷たい言葉を思い出して、奏は力なく肩を落とす。

「あの……」

おずおずと黒ウサギの歩兵が、奏の袖を引っ張った。

「どうしたの、歩兵君」

「奏様を『贄』にすれば、きっと喜ぶよ。湯浴みは終わってるから、支度だけすれば銀砂様がお休みになる前に届けられる」

「そうか！　ちゃんと正装すれば、問題ないよな。支度を整えたら、銀砂様だってきっとその気になる」

合点《がてん》がいった様子の羽仁と歩兵が頷き合っている横で、伊良が不安げに耳を伏せた。

「でもまた勝手な事をしたら、私たちは今度こそ、許して頂けないくらい銀砂様に叱られます。それに食べないって、仰ってたし……」

「じゃあこのままでいいのかよ！　銀砂様は遠慮してるだけだって、伊良も思うだろ！　銀砂様も奏様も幸せになれるんだから、いいじゃないか！」

どうやら彼等なりに、銀砂を思って行動しているのだと気付く。

銀砂がどうして伊良達を叱っていたのか確かな理由は分からなかったが、悪戯や悪意が原因とは思えない。

「伊良君、僕がお願いしたって言うから歩兵君の言う……にえ？　にして貰えないかな？　それなら、君達が怒られることもないし。銀砂さんも喜ぶんだよね？」

「ええ、ですが本当によろしいのですか？」

奏が頷くと子ウサギ達は顔を見合わせて、ぴょんぴょんと跳びはねる。

「贄だ、祭りだ」

「こら羽仁、はしゃぎすぎですよ」

「早速支度しよう」

三羽に手を取られ、奏は自室とは反対の方向へ歩き出した。

「本当にこれで成功するの？」

「大丈夫だって！」

「奏様はお美しい、よくお似合いです」

「綺麗」

口々に子ウサギたちが褒め称《たた》えるが、鏡に映る自分の姿に奏は疑問しか感じない。

——これって、花嫁衣装だよね。

伊良達の言う正装とは、所謂『白無垢《しろむく》』の事だった。しかし小物などは必要ないと言われ、襦袢《じゅばん》の上に鮮やかな花柄の振り袖を着て、その上から白無垢を羽織った状態だ。

「本来なら髪飾りや袷帯《あわせおび》もご用意するのですが、時間がありませんので」

確かに着替えに時間をかけては、夜中になってしまう。

銀砂が寝てしまう前に話を付けなくてはならないのだから、多少省略したスタイルにしたのも頷ける。

「けどさ、こんなコスプレみたいな恰好《かっこう》したら、余計怒られない？」

鏡に映る自分の姿を不安げに眺める奏に、子ウサギ達は首を横に振る。

「奏様はギン様にお目にかかりたいのですよね？　この姿でお願いすれば、最後に一つくらいは願いを叶えてくれますよ」

「最後？」

問い返すが、伊良は何も答えてくれない。

代わりに歩兵が、急《せ》かすように奏を促す。

「早く行こう」

「あとこれ持ってな」

羽仁が箪笥《たんす》を探り、引き出しの奥から掌に収まるほどの小袋を奏に渡した。

ちりめんで作られた巾着袋の中には、布越しにも硬い何かが入っていると分かる。

「これ何？」

「奏様は人間ですから、必要になる物です。使い方は銀砂様がご存知ですから、頃合いを見てお渡し下さい」

どうにも色々としきたりがあるようだが、彼等の風習など知る由もない奏は言われることの意味を理解しきれない。

けれど問い掛ける間も与えられず、奏は三羽に囲まれて廊下へと連れ出される。

――とりあえず、これで銀砂さんと話はできる。

不思議な事ばかりのこの屋敷で、奏が頼れるのは彼等しかいない。

「突き当たりの左が、銀砂様のお部屋です」

暫く廊下を歩くと、三羽は立ち止まって頭を下げた。

どうやら付き添いで来られるのはここまでらしい。

「ありがとう。頑張るよ」

「良き夜になるよう、月に祈っております」

「美しき贄に幸《さいわい》を」

「里の長と贄に祝福を」

何処か呪文《じゅもん》めいた言葉で送られ、奏は少しばかり怖《お》じ気《け》づく。やはり何か妙だと思うけれど、今更引き返せない。

意を決して教えられた部屋の前に立つと、障子越しに中にいるだろう銀砂へ声をかけた。

「こんばんは」

「どうしました？　部屋が気に入りませんでしたか」

無視される可能性も考えていたが、意外な事に部屋の奥から駆け寄る音がしてすぐに銀砂が襖《ふすま》を開ける。

そして奏の姿に気付くと一度大きく目を見開き、深い溜息を吐いた。

「その恰好はどうしたのです？」

「伊良君達にこの着物を着れば、銀砂さんの機嫌が直るって教えて貰ったんです。そしたら、その……願いを叶えて貰えるって。だから僕が頼み込んで、着せて貰ったんです」

情報の入手先は流石に誤魔化せないので正直に話したが、あくまで自分が頼んだのだと奏は強調する。

「あの、この恰好で合ってますか？　銀砂さん。もし合格なら、ギンちゃんの事、教えて下さい」

しかし銀砂は奏を見つめたまま、無言を通す。

不機嫌そうではないけど、かといって伊良達の話通り機嫌が直ったとも思えない。

やはりこんな恰好で押しかけるなど失礼だったかと、奏は我に返って落ち込む。ギンに会いたい気持ちを抑えられず、子ウサギ達に頼った自分が情けない。

――あの子達が善意で勧めてくれたのは分かるけど、そりゃ頼み事するのに白無垢のコスなんて失礼だよ……。僕もこんなことになるまで何で気付かないんだよ。だから蒼太にも『兄ちゃんしっかりして』とか怒られるんだ……。

せめて朝まで待って、改めて話をすればよかったと自己嫌悪に陥る。

沈黙が長引くほど、奏は己の恰好が恥ずかしくて項垂れる。銀砂のような美形ならば白無垢姿でも十分美しいだろうけど、自分のは単に滑稽な女装だ。

それに美しい総刺繍《そうししゅう》の振り袖や滑らかな手触りの白無垢も、自分なんかが着てはパーティーグッズの衣装にしか見えない。

「迷惑でしたよね。押しかけて、すみませんでした」

申し訳ないのと恥ずかしさとで涙目になっていた奏が自分の部屋に戻ろうとすると、銀砂が奏の手を取った。

「整えられてしまったのだから、仕方ありません。春とはいえ夜の廊下は寒いでしょう。どうぞお入り下さい」

困惑した様子の銀砂だが、とりあえずは話を聞いてくれそうなので奏は彼の言葉に甘えて中へと入る。

先程迷ったときに覗き見た幾つかの部屋と違い、彼の部屋には生活感があってほっとする。

入ってすぐの部屋で話をするのかと思ったが、何故か銀砂はその奥の寝室へと奏を招き入れた。

既に布団が敷かれており、銀砂が休む直前だったのは奏でも分かる。

――これ、最悪のタイミングだ。

部屋から出るなと言われたのに押しかけた上に、家主は寝る直前。

これでまともにギンの話をしてくれる可能性は限りなく低いが、『やっぱり明日にします』なんて言い出せば、もっと銀砂の機嫌を損ねるに決まっている。

奏は意を決して、銀砂の前に回り込むと何度繰り返したか分からない問いをぶつけた。

「あの、銀砂さん。ギンちゃんは何処ですか？」

一瞬、銀砂の目が泳いだのを奏は見逃さない。

隠し事があるのは分かっていたが、やはり銀砂は『ギン』に関して語ろうとはせず、話を逸らす。

「部屋から出ないようにと言った筈ですが。何故、約束を破ったのですか？　そもそも、貴方が屋敷に入る前に、私は帰るよう促しました」

「ごめんなさい」

――やっぱり滅茶苦茶怒ってる。

まともな会話は望めないと判断した奏は、これ以上銀砂を怒らせたくなくて深く頭を下げた。

「朝になったら帰ります」

「待ちなさい」

しかし先程から握られている手は離れず、逆に奏を強く引き寄せる。

「支度をして私を訪れたからには、最後まで果たされなければなりません。始めてしまった儀式は、途中で止めることはできないのです」

急に様子の変わった銀砂に、奏は息を呑む。

室内に電灯はなく、隅に行燈が一つあるだけ。薄闇の中でも輝く赤い銀砂の瞳に、奏は本能的な恐怖を覚えた。

咄嗟に逃げようとしたが、足が震えて動けない。いつの間にか銀砂の手は奏の腰を支えるように回され、強い力で引き寄せられる。

「ん……っ？」

最初は何が起こったのか、よく分からなかった。

唇《くちびる》を塞《ふさ》がれ、滑る何かが口内へと入り込んでくる。

至近距離にあるのは、絵画のように美しい銀砂の顔だ。近すぎてぼやけているにも拘わらず、奏は吸い寄せられるように彼の赤い双眸《そうぼう》を見つめてしまう。

だが次第に呼吸が苦しくなり、奏は酸素を求めて彼の胸を叩く。

「っ、は……なにするんですか！」

唇が離れてから、やっと奏は自分が初めてのキスを銀砂に奪われたと気が付いた。怒りと羞恥《しゅうち》で感情のまま怒鳴りつけたが、銀砂は眉《まゆ》一つ動かさない。

それどころか離れようとする奏を軽々と抱き上げると、敷いてある布団へと横たえてしまう。

「部屋に戻ります！」

「私は何度も、逃げる機会を与えた。しかし君は、それらを全て自ら拒んだ。既に体も魂も私に捧げられたと、屋敷がにんしきしてしまった」

奏の言葉など聞こえていないかのように、淡々と銀砂が続ける。異様な雰囲気に、鈍感な奏でも危機を感じて身を強ばらせた。

長い髪とウサギの耳が行燈の灯りに照らされ、影が天井に映って揺れる。子供の頃、ギンと一緒に寝ていた情景と、目の前に浮かび上がる影が頭の中で重なり、そして分かれた。

——この人は、ギンちゃん……じゃない！

確かに銀砂は美しいが、ギンではない。それは性別が違う事からも分かりきっている。なのにどうして、銀砂と彼女を重ねるように見てしまうのか分からない。

混乱する奏に、銀砂が諭すみたいに続ける。

「嫁にして欲しいと言ったのは君だろう。自分の口から出た言葉には、責任を持たなければならない」

まるで奏が悪いように言う銀砂に、奏も流石に怒る。

「いや、だからそれはギンちゃんとの約束でしょう。ともかく、ギンちゃんと話をさせて下さい。もし結婚の約束のせいでギンちゃんが困っているなら、撤回します！」

「その程度の誓いだったのか？　約束は確かに結ばれていたのに」

悲しげな銀砂に奏は口ごもるが、ふとどうして彼がギンと二人きりでした話を、まるで傍で見届けていたかのように口にするのか疑問に思う。

——なんで知ってるの？　……きっと、ギンちゃん本人から聞いたんだ。

それ以外あり得ない。

銀砂とギンは一体どういった関係なのか聞こうとしたけれど、奏に覆い被《かぶ》さってくる銀砂に見惚れて言葉が出ない。怒り戸惑っているのに、奏は目の前の美しい男に見惚れていた。

——いくらギンちゃんに似てるからって、相手は男なんだから……。何考えてるんだよ！

自分で自分を叱責しても、心の動揺が抑えられず奏は唇を噛《か》む。

「君は自らの意志で、私の元に来た。もはや手放すつもりはない」

明らかに欲の籠もった声に、背筋がぞくりと震えた。

これまで性的な経験どころか、恋人もいなかった奏にとって彼の向ける視線は刺激が強すぎる。

「手放すって、あの……えっと……待って」

「白無垢の意味は、人間も同じだろう？　知らないのなら、私がこれから教えよう」

それまで固い表情を変えなかった銀砂が、優しい微笑みを浮かべた。

「っ……」

自分でも分かる程、鼓動が速くなり顔が熱くなる。

――に、逃げないと……。

優しく頬を撫でていた手は耳を擽り、首筋へと降りていく。むず痒《がゆ》いような、初めて知る感覚に奏は小さく悲鳴を上げた。

「……ぁ」

「随分と可愛らしい反応だ。慣れていないのだね」

「やっ……」

何がと聞く余裕もなく、奏は銀砂の下から逃げようとした。しかし震える体と重たい装束が、自由を奪う。

「奏……ずっと、ずっと君を待っていた」

「え？」

意味が分からず首を傾げるけれど、答えの代わりに再び口づけられた。

今度は呼吸を妨げないように適度な間隔で唇が離れ、優しく唇と上顎《うわあご》を舐《な》められる。軽く触れるだけのキスすら知らなかった奏は、その濃厚な口内の愛撫《あいぶ》にあっさりと陥落してしまった。

舌が口内を舐めているだけなのに、腰の奥がじわりと熱くなる。

「……ぁ、ふ」

キスの合間に、銀砂の手が器用に白無垢と振り袖を脱がせてゆく。上の二枚は羽織っていただけなので、襦袢の帯を解《ほど》かれてしまえば肌が露《あらわ》になった。

「や……嫌……」

時折肌を擽るように撫で、嫌がる奏に甘い刺激を与える。

知識で知っていても、まさか自分が『抱かれる側』になるなんて考えた事もなかった。恐怖と快感に身を震わせる奏から唇を離し、銀砂がそっと頬を撫でてくれる。

奏は彼の下から逃げようとしたけれど、甘く苦しそうな銀砂の眼差しにどうしてか動けなくなった。

——どこかで見たことある……。

赤い瞳に、銀の髪。

静かに澄んでいるようで、その目の奥には苦しみがあった。ずっと前に、奏は辛《つら》さを隠して笑う同じ瞳を見たと思い出す。

助けたい、もっと朗らかに笑ってほしいと思って、でも、幼い自分はなにもできなかった。

――そう、あれは確か。

「こんな物まで、用意させられていたとはね」

記憶を辿ろうとしたその時、銀砂の発した言葉で奏は現実に引き戻される。彼の手には、羽仁が持たせてくれた巾着袋が握られていた。

「それ、羽仁君が……人間には必要だからって、持たせてくれたんです……何に使うんですか？」

銀砂は中身を知っているのか、表情を変えぬままそれを出す。転がり出てきたのは赤子の拳ほどの蛤《はまぐり》だった。

「人との交わりに必要な薬だよ」

蛤を開くと、中には軟膏《なんこう》のようなものが詰められている。銀砂がその中身を指ですくい取り、奏の下腹部に塗り広げた。

「銀砂、さん？」

「外側と内側、両方から受け入れる準備を整える」

「それって……」

意図を察して、反射的に奏は身を強ばらせる。

しかし脚を閉じようとする奏の行動を想定していたのか、銀砂が体を割り入れた。

口づけと愛撫で息の上がっていた奏はまともな抵抗ができず、後孔に触れようとする指を拒めない。

「や……待って、銀砂さん。なにして……んっ」

軟膏を纏わせた指が、つぷりと中に入り込む。

押し出そうとして力を込めても、指は構わず奏の内部を擽り何かを探すように動き続けた。

「っく、う」

「あやかしとの交わりは、人の身には負担が大きい。この軟膏は媚薬《びやく》の働きもするから、すぐ楽になる」

「びやく?」

「体が温まって、中が自然と濡《ぬ》れる。膚《はだ》に塗れば君の体温に反応して良い香りが漂う。そろそろ効いてきたかな」

確かに蜜《みつ》のような甘い香りが室内に満ち、頭がくらくらとして思考がぼやける。なのに感覚だけは研ぎ澄まされたみたいに敏感になり、銀砂が首筋や鎖骨へ口づける度に、甘い刺激が背筋を走り抜ける。

「あ、あ……ッ」

後孔を嬲《なぶ》っていた指が、浅い場所の一点を強く押した。

すると自分でも信じられないほど高い声を上げて、奏は腰を揺らめかせてしまう。

自身を扱《しご》いて得られる自慰の快感とは全く違う未知の快楽に、恐怖で涙が零《こぼ》れた。そんな奏の目元に銀砂が唇を落とし、宥《なだ》めるようなキスを繰り返す。

「だめっ……やだ、ぁ」

「男女どちらの交わりも知らない、清い体とは――」

反応で察したのか、驚いて感じ入ったような呟きに奏はふいと横を向く。

「っ……童貞で悪かったな……」

情けないのと、いいように弄《もてあそ》ばれる恐怖を誤魔化すように、奏は強がる。

「すまない。君を傷つけるつもりはなかった」

「……だったら、退《ど》いてよ！」

「それは……できない」

嬲られているのは自分なのに、辛そうに眉を顰《ひそ》める銀砂を見上げていると罪悪感がこみ上げてくる。

――どうしてそんな顔するのさ。

「銀砂さ……やんっ」

人差し指の腹で感じる場所を撫でられ、奏は小さく悲鳴を上げた。いま止められたら辛いのは自分だと、ぼんやりとした意識でも理解できる。

けれどこれまで恋人も作らず、性欲も大して強くない奏にしてみればこの先、自分の身に施されるだろう行為は、ただ恐怖なだけだ。

——ギンちゃん……ごめん。

別にギンを意識して恋人を作らなかった訳ではないけど、心の何処かに彼女との約束が引っかかっていたのは否めない。

彼女に会いたい一心で、花嫁衣装まで着て銀砂に頼み込んだ結果、彼に呆《あき》れられただけでなく嫌がらせのように嬲られている。

力の差があるとはいえ、間近にある美貌と優しい指の動きを強く拒むこともできず気を抜けば自分から腰を揺らしてしまう。

「ひ、っ」

指が更に奥へと進み、強い刺激に腰が疼《うず》く。

「あ、あ……見ないで」

壊れ物にでも触るように優しい愛撫に、奏は甘い声を上げて身を捩《よじ》る。

甘やかされ、優しい刺激だけを与えられた内側はグスグズに蕩《とろ》けて、銀砂の指に絡みついていた。

「もう、頃合いか」

言葉の意味を察して、奏は息を呑む。

奏の内部から指を抜き、銀砂が着物の前を寛げ覆い被さってくる。

硬く張り詰めた雄が内股《うちもも》と自身に触れ、奏は初めて自分のそれも勃《た》っていると気が付いた。

前には殆ど触られず、内側の刺激だけで感じてしまった現実に愕然《がくぜん》とする奏を余所《よそ》に、銀砂が腰を摑んで引き寄せる。

「待って、銀砂さん……お願い」

後孔に性器が宛がわれ、侵入を拒もうとして藻掻《もが》いたが簡単に押さえ込まれてしまう。

「奏、君が欲しい」

耳元で響く優しい声に、全身が粟立《あわだ》つ。軟膏と指で解《ほぐ》された内部が、まるで待ちわびるように痙攣《けいれん》した。

「ぁ……あ。いやだ……」

硬い先端が入り口を広げ、奏の中に挿《はい》ってくる。

「無理っ……ぬいて」

拒絶しようと力を込めても、軟膏の滑りが挿入の手助けをしてしまう。何より奏の体は、雄を受け入れる事に悦《よろこ》びを感じ始めていた。

——……銀砂さんに、犯されてるのに……。

痛みを感じたのは最初だけで、繋がった部分から甘く焦《じ》れったい刺激が体の奥に広がっていく。

指で集中的に解された所を、張り出したカリで擦《こす》られると腰が跳ねてしまう。

「あんっ」

同時に胸を弄《いじ》られ、奏は甘く鳴いた。

次第に強くなる甘い香りに頭がくらくらとする。

「っ……嫌だ、やめ……っ……ッ」

もはや言葉だけの抵抗にすぎないと、奏自身が一番良く分かっていた。

「力を抜きなさい」

「んっ」

嫌々をするように首を横に振ると、軟膏で滑る指が奏の自身を根元から扱く。唐突に訪れた射精に声も出せず仰《の》け反《ぞ》り、奏は蜜の飛び散った下腹部を震わせた。

——僕、銀砂さんの手で……。

羞恥と快楽に、奏は涙を零す。いくら自分が失礼な事をしたとしても、こんなふうに嬲られる理由にはならないはずだ。

文句を言おうとするが、射精して力の抜けた奏の体を銀砂は更に弄ぶ。

「ぁ、あッ」

根元まで一気に雄が挿り込み、敏感な最奥を抉《えぐ》る。

強い刺激に奏の性器は再び兆し、後孔も自身を犯す銀砂の雄を喰い締める。

——うそ、どうして僕……っ。

触れるだけの優しい口づけを受けながら奥を小突かれ、奏は情けない悲鳴を上げて銀砂に縋り付いた。

脚を彼の腰に絡めると、銀砂が優しく頭を撫でる。

「いい子だ。奏は素直で、物覚えがいい。ココは私を求めて、吸い付いてきているよ」

「ちが……ひっ、……っく……ぁ」

片手で臍《へそ》の下を押され、嫌でも深くに突き入れられた性器の形を意識させられてしまう。

腰を揺さぶられるとじんと痺《しび》れるような快感が全身に広がり、奏は自慰では決して得られない強い快感に蕩けた。

「綺麗だよ、奏。君を抱いていると、自制を失っておかしくなりそうだ」

鈴の音のような声で賛美され、奏は戸惑う。

——赤い目……ギンちゃんと、同じだ……。

見つめてくる赤い瞳に、また懐かしさを覚える。既視感と同時に酷く愛しい気持ちが胸を満たし、奏は無意識に彼の頭を撫でた。

「ぎ……ん……」

「奏」

優しい声は、再びギンを思い出させた。

目の前の美しい男に初恋の彼女の姿が重なり、涙がこみ上げる。

「奏——今は私の事だけを考えなさい」

呪文みたいに告げられると、一瞬にして奏の思考からギンは消え、快楽と銀砂だけに染められた。

タイミングを計ったように奥を強く突き上げられ、奏は快楽を求めて素直に頷く。

「ぁ……ッ、あ」

甘く悲鳴を上げて縋り付くと、捏《こ》ねられて敏感になった最奥に銀砂の精液が放たれた。

力強い射精は長く続き、大量の精が奏の腹を満たしていく。

不思議と苦しくはなく、甘怠《あまだる》い多幸感に包まれ奏は自分から銀砂に唇を寄せて口づける。

「……ふ、ぁ……」

「愛している」

乱れる奏を優しく抱きながら、銀砂が耳元で囁《ささや》く。

——なんで、そんなこと言うの……？

問い掛けようとしたけれど、喉《のど》が掠《かす》れてまともに声が出ない。

視線が合わさると、悲しげな表情を見せる銀砂が気になるけれど、快楽に染められ切った

奏の意識は、その意味を辿ることができない。

途切れることのない快感の波に呑まれ、奏は銀砂に犯されたまま意識を失った。


銀砂は意識のない奏の体を清めてから、奏用に調えた客室へ運び、敷いた布団にそっと横たえた。そして慈しむように、優しく額に触れる。

——始めてしまった儀式を恙《つつが》なく終えるため、だったはずが……私は確かに、奏と契ることで悦びを得てしまっていた。

子ウサギ達がよかれと思ってお膳立てした『贄』の儀式ではあるが、正しく行われなければ奏に災いが降りかかってしまう。しかし自分が彼を組み敷いたのは、それを回避するためだけとはとても言えなかった。

本来なら一度契れば銀砂の加護が得られるので、奏を家に帰しても問題ない。

しかし、事はそう単純ではなかった。奏は過去の約束を『ギン』と交わしたと思っており、この決定的な行き違いがあるので加護は盤石《ばんじゃく》とはいえないのだ。

互いを認め大切に想っているのだと気持ちを確かめ合った上で契らなければ、番《つがい》と認められないどころか、加護すらも成り立たない。特に人間が相手となると、たとえ銀砂が奏を強く想っていても『一方的な力の譲渡』となり、正しい効力を発現できないのだ。『冨を司る力』という強力すぎる妖力が分散しないための有益な『縛り』なのだが、今回はそれが裏目に出た。

――下手《へた》をすれば、冨の力に引かれて良からぬあやかしが寄ってくる可能性が高い。せめて、加護が安定するまでは、奏を守る必要がある。災いから守るどころか悦びのまま貪《むさぼ》ってさらに危険に晒《さら》すことになろうとは……。

番にはなれずとも、加護だけならば薬湯や祈りの力でどうにかできる。しかしそれには、銀砂でさえも時間がかかるのだ。

奏の中に放った自身の気が暴走しているのか、奏の額に汗が滲む。

「……くるし……たすけ、て……行かないで……ギンちゃ……」

譫言《うわごと》を呟く奏に、銀砂は欲に溺《おぼ》れた己の行為を悔やむ。

――もとより告げるつもりではなかったが、君を愛しているなどと、言える身ではなくなってしまったな。

欲に溺れた故の失態に、銀砂は己を恥じた。そして、せめて愛しい奏を守ろうと、強く決意する。

翌朝、銀砂の危惧したとおり、奏は熱を出し寝込んでしまった。玉兎の里の軟膏を使ったとはいえ、あやかしである己との交わりに体が耐えられなかったのは明白だ。

銀砂が様子を見に行くと布団に潜り込んでしまうので、身の回りの世話は伊良達に任せる事にした。

しかし数日経っても、奏の具合は良くならない。

伊良が言うには『お粥《かゆ》は少し食べていますが、お薬は飲んでくれません。布団からも殆ど出ませんし』との事だ。

子ウサギ達は『無事に番《つが》えたのだから、術を使って薬を飲ませればいい』と口を揃えるが、勿論これ以上、奏の気持ちを無視した行動をするつもりはない。

契ったとはいえ、真実『番』になったわけではない。

奏が『本当の意味を理解して受け入れたのではない』のだと説明をした。あの夜の出来事があやかしにとって大切な儀式だった事も、彼には決して告げてはならないと口止めしている。

純粋に自分を慕う子ウサギ達は、銀砂の決断に困惑した様子だった。里の教えでは、人間を贄として喰わないとしても術で縛ることが可能だ。

長になってから若いウサギを中心に意識改革を進めたけれど、里の中でも古いしきたりを守る家に生まれた伊良達は納得できないのだろう。

しかしこのままでいられる訳もない。

幾らか体力の回復した奏は、早く帰りたいと訴えるようになったのだ。

契る前なら問題なく屋敷から出せたが、己の精を受けた以上、色々と不都合がある。

それを説明しなくてはならないのだけど、奏は銀砂に怯えて顔すら見せてはくれない。己の振る舞いのせいとは言え、胸が軋《きし》むように痛んだ。

更に夜の見回りをしている羽仁から、奏が夢で魘《うな》されていると知らされた。

「ギン様に化けて下さい。このままじゃ奏様、体が弱るばかりです。お休みになると『ギンちゃん、ギンちゃん』って譫言を言ってるんですよ」

「奏様もギン様に会えれば、きっと元気が出ます」

そんな騙《だま》すような真似をして奏の具合が良くなるのか分からなかったが、今は何でも試してみるしかなかった。


「奏様、葛湯《くずゆ》をお持ちしました。入ってもよろしいですか？」

久しぶりに『ギン』の姿になった銀砂は、鮮やかな西陣織《にしじんおり》の振り袖に身を包み、奏の寝ている部屋の前に立つ。

障子越しに声をかけ、少し様子を窺う。銀砂の姿だと、この時点で布団を被る音がするのだけれど、今は特に聞こえない。

拒絶の言葉がないので、銀砂はそっと障子を開けて室内を見た。

すると布団を少し上げたその隙間から自分を凝視している奏と視線が合わさり、互いに暫し見つめ合う。

「え……ギンちゃん⁉　……っ」

「ご無理はなさらないで下さい」

「っう……ごめん。大丈夫だよ」

布団から身を乗り出した奏が、ふらつきながら銀砂の元へ歩み寄ろうとする。慌てて駆け寄りその手を取ると、布団に戻るよう促す。

「お加減が悪いと聞きました。どうか私の事は気にせず、布団に戻って下さい」

「でも、君……えっと……」

元々奏は、あやかしの気配には敏《さと》い人間だ。

自分と交わったことで、更に感覚は研ぎ澄まされているだろう。気付かれないかと内心冷や汗をかくが、奏は『ギン』との再会に驚いただけのようだった。

「『ギンちゃん』な訳ないよね。ごめん。幼馴染みとそっくりで、驚いちゃったんだ」

「似ていますか？」

「似てるってレベルじゃなくて、あの時のまんまって感じ。随分と時間が経ってるのに……そんな事、あるわけないのにね」

寂しそうな奏に銀砂は心苦しくなるが、ここで正体を明かしては意味がない。

浴衣の肩に羽織をかけて正座した奏が、銀砂に向き合う。そして予想だにしていなかった質問を投げかけた。

「もしかして、君のお母さんは……ギンちゃん？」

奏の気持ちを落ちつけたいという一心でギンに化けたが、これは盲点だった。伊良達も自分もあやかしなので、数十年同じ姿で過ごす事は奇妙でもなんでもない。

中には幼い姿のまま、生涯を過ごすあやかしもいる。

しかし人間である奏からすれば、十年近く前に出会った少女が同じ姿で現れるなど考えもしないだろう。

となれば、親戚か『ギンの子供』という考えに至るのも当然だ。

誤魔化すための嘘を用意していなかった銀砂は、問われるままに頷いてしまう。

「……あの……はい。そうです」

「ギンちゃんの子供か……銀砂さんがこの家の主人だし……そっか、そういうことなのか」

なにか一人で納得している奏を、銀砂は黙って見守る。余計な口出しをして、正体に気付かれてしまう方が良くないと判断したからだ。

「あのさ、君。一人で僕の部屋に来て大丈夫？　銀砂さんに怒られない？」

何故銀砂を気にするのか分からなかったが、当の本人である銀砂が来ているので大丈夫も何もない。

「怒られませんよ」

「でも銀砂さんは、僕を嫌ってるからさ……あんなことするくらい嫌いなんだったら、すぐ追い返せば良かったのに」

俯いて呟く奏に、銀砂は首を横に振る。

「銀砂は奏様を、嫌ってなんていません」

銀砂側からすれば、しきたり通りに『贄』の姿で自ら現れた奏と正しく契っただけだ。

厳密には完遂されていないものの、禁を破ったわけでもなく、むしろ長として正しい嫁取りを行っている。

なにより銀砂の心情は『嫌う』とは対局にある。

だが奏からすれば、強姦《ごうかん》されたも同然だとも理解していた。

「ありがとう、君は優しいね」

ますます本当の事を言い出せなくなり唇を噛む銀砂に、奏が再び問い掛けた。

「名前、聞いてもいい？」

「っ……木蓮です」

咄嗟に銀砂は、奏と隠れて遊んだ庭木の名を告げた。

すると奏が優しく微笑む。

「可愛い名前だね。僕は那波奏。よろしくね、木蓮ちゃん。そういえば木蓮の花、ギンちゃん好きだったな」

昔、ギンと一緒にナツの庭にあった木蓮の下で遊んだのだと奏がぽつぽつと話す。

――覚えて、いたのか。

「この家の庭にもあったよね」

「別れる前に、庭にあった木蓮を分けてもらった……と、母が言っていました」

「そうなんだ」

ナツの家を去る際に、友情の証《あかし》として枝を貰ったと説明すると、奏は特に疑問を感じていないのか素直に頷く。

しかしそれまで楽しげに話していた奏が、急に咳《せ》き込む。

妖力の強いあやかしと交わった人間は、すぐに正しい加護を受けなければ急激に衰弱してしまう。

銀砂の力は『富を司る』という厄介な性質のもので、物理的な破壊力はないが精神や体力面に不調を来《きた》す。奏の場合は人間で言う『風邪《かぜ》』に似た症状が強く出ているようだ。

放置すれば全身を蝕《むしば》み、いずれ死に至る。

「あ、あの。葛湯よかったらどうぞ。できれば薬湯も飲んで下さい。普通の解熱剤ですから」

疑われることを承知で、ギンは持って来た葛湯と薬湯を奏に勧めた。奏はギンそっくりな木蓮に心を許しているのか、葛湯と薬湯の椀《わん》に口を付けてくれる。

「ありがとう。――甘いね。砂糖の加減が、ナツおばあちゃんの作ってくれた葛湯と同じだ。これは木蓮ちゃんが作ってくれたの？」

「はい……ナツ、様から母が、教わったと言ってました」

「よく二人で、台所に立ってたよ。懐かしいな」

葛湯と薬湯を飲み干したのを確認して、銀砂は奏に横になるよう促した。あと数回薬湯を口にしてくれれば、衰弱は止まるはずだ。

「今はお休み下さい。……また来ても、いいですか」

「うん。木蓮ちゃんと、もっと話がしたいな……」

うつらうつらと船を漕ぎ始めた奏に布団をかけてやり、銀砂は愛しい人の子の頬をそっと撫でる。

「お目覚めの頃にまた参ります。奏様に良い夢を、月の加護を贈ります……」

深い眠りを得られる呪文を唱えると、奏が目蓋《まぶた》を閉じる。

いつかは真実を話さねばと葛藤しながら、銀砂は暫《しば》しの間、穏やかなその寝顔を見つめていた。

木蓮と名乗る少女が奏の部屋を訪れるようになって、体調は大分落ちつきを取り戻していた。

彼女の名を聞いた瞬間、淡い恋心が僅《わず》かだけれど蘇ったのは否めない。やはりギンは、自分を忘れずにいてくれたから、二人に縁のある名を付けたのだと奏は考えた。

しかしギンに対する感情は、それ以上膨らみはしていない。どちらかといえば、懐かしく綺麗な思い出として大切にしたい気持ちが強かった。

ギンとそっくりなその少女を前にすると、自然と気持ちが穏やかになる。勧められるまま口にしている薬湯のおかげか、銀砂に犯された翌朝から続いていた熱も大分下がってきている。

時折様子を見に来る伊良達とも、簡単な会話をする心の余裕も出てきた。

だが子ウサギ達は自分達の行動のせいで奏が体調不良に陥っていると考えているらしく、奏から声をかけても気まずそうにしている。

熱が下がってから改めて『家に帰りたい』と申し出たが、涙目の三羽に取りすがられて以来、その話はタブーになっていた。

彼等が言うにはまだ奏には『加護が不足』しており、この屋敷を出たら悪い怪物に喰われてしまう、らしい。

――銀砂さんの方が、本当にいるかも分からない怪物よりずっとおっかないと思うけど。

そう反論しかけたけれど、泣きそうな子ウサギ達を振り払えるほど奏も冷たい性格ではない。恐らく銀砂から『屋敷から出すな』とでも命じられていると察して、理由を問い詰めたりはしなかった。

そんなこんなで、一見穏やかな日々を過ごしている奏だが、心境は複雑だ。

心身共に大分落ちついてきたものの、気がかりな事が幾つもある。

銀砂に犯された夜のことを、繰り返し夢に見ては夜中に起きてしまう。淫《みだ》らな夢の中で、自分は銀砂に縋りまるで恋人同士のように快楽を分かち合っているのだ。

認めたくないけれど、あの夜知ってしまった快楽は、確実に奏の体に変化をもたらしている。

そしてもう一つ、気がかりな事があった。

木蓮の父親に関してだ。

まだ銀砂がギンの夫とは確定していないけれど、真実を聞くのも怖い。

――聞く勇気がないなんて……情けないよな。

ギンが幸せであるなら、奏としては彼女の結婚を祝福するつもりでいる。第一、子供の頃の告白だって、あくまでごっこ遊びだ。

たとえギンが意味を理解していたとしても、十五年近く前の約束を持ち出して彼女の幸せを壊すつもりもない。

だから奏が懊悩《おうのう》しているのは、単に木蓮の父が銀砂ではないかということだけではないのだ。

——愛してるって、誰に言ったんだろう。……来なければ良かった。

あの夜。確かに銀砂は自分を抱きながら愛の言葉を口にした。

嫌っているのだから自分に向けてではないはずなのに、酷く苦しげな視線を奏に向けて告白したのだ。

奏の想像通り、銀砂がギンと結婚し子供までいるのであれば、自分に向かって愛しているなど言う訳がない。

——仮に銀砂さんがギンちゃんと結婚してないとしても、木蓮ちゃんがここにいる以上、銀砂さんの兄弟か、身内の誰かが結婚してるかもしれない。そしたら僕はやっぱり邪魔だろうし。

何にしろ彼が自分を犯した事は、厳然たる事実だ。

そして奏は未だに客人として逗留を続けている。引き留められてはいるものの、もう一度だけギンに会いたいという気持ちがあるのは銀砂にしてみたら迷惑だろう。

嫌われるのも仕方ないが、それならば、よく分からない理由を並べてまでどうして引き留められるのか疑問が生じる。

悩みがくるりと一周してしまい、奏は溜息を吐く。

——でも一番、訳が分からないのは、僕だよな。

布団の中で寝返りを打ち、奏は頭を抱えた。この屋敷に来た当初から、何故か銀砂をギンと重ねて見てしまっている。何故初恋の大切な相手と重ねてしまうのか、自分でも自分が分からない。

それは抱かれた後も変わらない。それどころか日々重症化しているようで、彼の声を聞くだけで妙に気恥ずかしくなるのだ。

「あーもう、最悪……」

「奏様？　どうかされましたか？　甘味をお持ちしたのですが」

廊下から伊良の声が聞こえて、奏は布団の上に起き上がる。

「何でもないよ。どうぞ入って」

おやつを運んできてくれる子ウサギ達に罪はないので、部屋に入るよう声をかける。すると珍しく三羽が揃って入って来て、奏の傍に座ると何か言いたげにもじもじと視線を向けてくる。

「どうしたの？」

彼等には正直振り回されてばかりだけれど、善意の行動だと奏も理解しているのと、その姿が余りにも可愛らしいので、どうしても憎めない。

「何かあったの？　僕でよければ聞くよ」

そう促すと、切羽詰まった様子で伊良が口を開く。

「奏様。今日は奏様に、お話があって参りました」

正座をした三羽から、普段と違う緊張を感じ取る。

「僕も君達と、話がしたかったんだ」

「え、奏様も？」

「……何日も居て、迷惑だよね。甘えちゃってごめん」

彼等から引き留められたとはいっても、額面通りに受け取って流石に長居をしすぎた。体調も大分良くなったので、麓の本家までなら問題なく降りられるだろう。

そう続けると、伊良達は身を乗り出して、奏に頭を下げる。

「私達は奏様のお世話ができて、とても嬉しいんです。だからどうか、帰るなんて言わないで下さい」

「奏様に失礼な事、沢山しちまって、嫌われても仕方ないのに……」

「謝らなくちゃって、ぼく達、話し合ったんです」

「どうして君達が謝るの？」

彼等は悪くない。確かに意思疎通の段階ですれ違いがあり、その結果として奏は銀砂に犯されることになってしまったのだろう。

だからといって、三羽のせいだと責めるのも違う気がする。

何故必死になっているのか分からず首を傾げる奏に、羽仁が涙目で訴える。

「あのさ、銀砂様の事で悩んでるのは知ってる。でもオレ達を嫌っても、銀砂様を嫌わないでほしいんだ」

「羽仁君……」

羽仁の訴えを皮切りに、伊良と歩兵も口を開く。

「言い訳になってしまいますが、私達は『贄』になった人間は食べるものなのだと教わってきました。銀砂様の言いつけを守らず、勝手にしたことなんです」

「泊まって貰ったら奏様は食べられるって分かってて、おもてなししました。なのに奏様はぼく達が銀砂様に叱られてるとき庇ってくれたし。今だって、全然怒らないし。優しい奏様を騙したりして、ごめんなさい」

経緯はともあれ、銀砂に怒られている伊良達を庇ったのは偶然だ。

それに明らかに人ではない彼等の価値観と自分の常識を同列で考えて怒るのは、違う気がする。

それを説明した上で、奏は一つだけ確認しておかねばならない事を尋ねた。

「――怒ってはいないよ……でも、これから僕は君達に、食べられちゃうの？　それは困るから、止めて欲しいけど……」

「食べないよ！　奏様は銀砂様の『贄』だから、万が一料理してもオレ達は味見も駄目で

「ご……痛てっ」

「馬鹿羽仁！　そういう事じゃないでしょう！　もう奏様は『贄』じゃないんだから！　ごほん。失礼しました。どういう理由でも、食べませんのでご安心下さい」

首を横に振りながら物騒な事を口走った羽仁を伊良が頭を叩いて叱りつけた。そして改めて奏に向かい頭を下げる。

「人間は『餌《えさ》』――食べるものだと、大爺様から教わってきました。でも銀砂様は、『たとえ贄として捧げられたとしても食べてはいけない、守りなさい』と言ってたのに……銀砂様の『贄』のお支度をするのは、私達にとってとても名誉な事なので、舞い上がってしまいました。すみません」

続いて羽仁と歩兵も、畳に頭を擦り付ける。

「人はあやかしより弱いけど、とても優しくて良い生き物だって。だから仲良くしなさいって何度も言われてたのに……オレ『贄』の装束を着せちゃった。ごめんなさい」

「言い出したのはぼくだから、羽仁は悪くない。悪いのはぼくです。奏様、ごめんなさい」

――あの白無垢。生け贄の恰好だったのか。

『贄』の意味をやっと理解した奏は、真剣に謝る三羽の頭を撫でてやる。

「えっと、食べないって約束してくれればいいから。食べないんだよね？」

「「「はい！」」」

声を揃えて元気よく答える子ウサギに、自然と顔が綻《ほころ》ぶ。『贄』や『餌』などと物騒な単語を言うけれど、本質的に彼等は素直で良い子達なのだろう。

「それで奏様のお話って、何ですか？」

歩兵が黒い目を輝かせて質問するが、奏としてはこの屋敷を出て行く相談がしたかったので、少し言葉に詰まる。

――なんか言いづらい雰囲気……そうだ！

「じゃあ、ええと。君達はお化けなの？」

この屋敷に来てから、ずっと気になっていた事だ。尋ねる機会は何度もあったけれどなんとなく聞けずにいたので、思い切って尋ねてみる。

誤魔化されるかと思いきや、意外にも伊良が素直に答えてくれた。

「お化けじゃありません。ウサギのあやかし――玉兎です」

タヌキやキツネなら昔話でもお馴染みだけれど、ウサギのあやかしというのは初めて聞いた。しかし伊良達はどう見てもウサギだし、銀砂にはウサギの耳が生えている。

「ウサギの、あやかし？」

「はい。長く生きれば、熊や鹿もあやかしになりますよ。中でも銀砂様はとーっても偉くて強い、素晴らしいあやかしなんですよ！　ウサギの里の長なんです」

「歴代でも群を抜いて妖力の強い長なんだぜ。里の難しい決まり事、全部なくしてくれたんだ。だから他のあやかしと仲良くしても怒られないんだ」

「決まり事がなくなったから、ぼくのお姉ちゃんは好いた方と婚礼を挙げることができたんです。ちょっと前までは駄目だったたって、母さん言ってました。とっても優しくて、良い長だってみんな言ってます」

口々に銀砂がいかに素晴らしいかを話す伊良達に、奏は内心困惑する。

正直な所、銀砂に対しては複雑な感情しかない。

自分を無理矢理に抱いた相手だ。何よりギンの結婚相手である可能性が高い。

「――奏様は銀砂様と、無事に番えたんだよな」

「え……？」

「んーっと、人間は『せっくす』って言うんだっけ？」

どうやら羽仁は、『贄』となった奏が、銀砂に何をされたのか正確に理解をしているようだ。

どう答えるべきか迷っていると、羽仁が嬉々《きき》として続ける。

「このまま、お嫁さんになってくれよ。人間の奏様にとっても、悪い話じゃないと思うぜ」

「羽仁っ」

「言うなって言われてるけど、伝えなきゃ意味ないじゃん！」

怒る伊良に対して、羽仁も今度は悪びれず食って掛かる。

突然飛躍した話について行けず、奏は首を傾げた。

「急にそんな……」

「銀砂様は、奏様の事が大好きなんだ。本当だよ」

「まさか奏様は、銀砂様が嫌いなのか？」

気まずいけど、この場で恥ずかしがっているのは奏だけだ。どうやら彼等とは、常識が違うと改めて気付かされる。

「贄の事は……驚いたけど……嫌ってはいないよ」

彼等を宥める為に思わず言ったけれど、奏自身が自ら発した言葉に戸惑ってしまう。

——別に、これは伊良君達を落ちつかせるために言っただけで。でも……。

胸の奥がちくりと痛む。

銀砂はとても美しいあやかしだ。

無理矢理犯されている間も、見惚れていたのは否めない。

けれど単純に美しいという理由以外にも、何故か彼の事を考えると胸の奥が詰まったような息苦しさを感じる。

それは嫌な感覚ではなく、むしろ『ギン』を思い出した時と似ていた。

——酷い事された相手なのに気になるとか。僕っておかしいのかな……ともかく、向こうは僕を、確実に嫌ってるけどね。

自分の気持ちがどうあれ、銀砂は奏に対して良い感情はないに決まっている。

「でもお嫁さんは、考えさせて」

「ええ、お気持ちが定まるまで私達は待ちますから。羽仁も急かしたらいけないよ」

「はーい」

不服そうに頷く羽仁に、奏は苦笑する。彼等は姿形はウサギだが、感情豊かで声だけでなく表情からも気持ちをくみ取れる。

「なんだか弟が増えたみたい」

「奏様には、弟様がいらっしゃるのですか？」

「うん、蒼太って名前でね。僕と違ってしっかりしてて、バスケも国体出るくらいすごいんだよ」

「是非お目にかかってみたいです」

「オレもバスケやってみたい！」

「ぼくも……」

きゃっきゃとはしゃぐ姿は微笑ましいけど、彼等はあやかしという生き物で種族的な決まり事が多いのだと奏なりに考察する。

だとすれば、銀砂が『贄』の自分を犯したのも、彼等の道理からすれば正しいのかもしれない。

――この子達に『人間は守るべき』って言う割りに、僕に対してはあんなことするし。

感情面以外の理由があるとすれば、特に銀砂は特別な立場らしいので、子ウサギ達が知らないしきたりや道理で行動した可能性もなくはないと思う。

けれどそんな事まで、自分が気にしてやる必要などない。

——僕は被害者なんだから、銀砂さんがあんなことをした理由を考えてあげる必要はないんだし。

奏は変な方向に進みそうになる思考を切り替えようと、伊良に問い掛けた。

「ずっと不思議だったんだけど、伊良君達はまだ子供だよね。他に働いてる大人はいないの？」

この屋敷で確認できた大人は、銀砂だけだ。

しかし食事の支度や掃除など、基本的な家事は伊良が指揮をして三羽が執り行っている。

いくらあやかしのしきたりだとしても、子供にだけ仕事をさせるのは気になっていた。

「私達はそろそろ成獣になる歳《とし》です。行儀見習いも兼ねて、銀砂様に仕えているんですよ」

「オレ達の家は、里じゃ結構古い家なんだけど……その分、親が煩くてさ。オレと歩兵は行儀見習い。伊良は花嫁修業の箔《はく》付《づ》けってとこかな」

「もう、羽仁。余計な事を言うんじゃない！」

「ぼく達は、銀砂様の元で行儀見習いをしながら、作法や学問を学びます。あやかしの術も、沢山教わりました」

口ぶりから、何より三羽とも、銀砂を尊敬しているのだとよく分かる。

「ですから、銀砂様の大切な方である奏様のお世話ができるのは、とても光栄な事なのです」

「変なこと聞いてごめん」

「いいえ、人間とあやかしとでは考え方も違いますから」

「あやかし同士でも種族ごとに決まり事は違うくらいだし、奏様が気にすることないぞ」

「分からない事があれば、なんでも聞いて下さい」

それならばと、奏は木蓮の事を尋ねてみた。

「ところで、木蓮ちゃんのことなんだけど」

すると途端に、子ウサギ達は気まずそうに下を向いてしまう。

何か事情があると察した奏は、深く問い詰めない方が良いと判断する。

「木蓮様の事は、僕達からはお話しできないんです。すみません」

「ギンちゃんの事も、聞いたら駄目？」

頷く三羽に、奏は一つ確信する。

——やっぱり木蓮ちゃんは、ギンちゃんと銀砂さんの子供だ。

これまで聞いた彼等の話からして、伊良達の里では上下関係は絶対的なものだ。

伊良達は無意識だろうけど『木蓮様』と敬称を付けて呼ぶという事は、彼等からすれば上位の立場にあると容易に分かる。

「でもここにいれば、会えるチャンスはあるぜ」

「そうです。このまま暫く滞在して下さい」

「お願いします」

改めて頭を下げられ、奏は悩む。

「でも……伊良君達も、僕のご飯の支度とか大変でしょう。これ以上、迷惑はかけたくないよ」

「さっきもお伝えしましたが、『贄』でなくても奏様のお世話をするのは嬉しい事なんです。末代まで伝える名誉なんですよ」

「あやかしだからって気持ち悪いとか言わないし、普通に話してくれるしさ。オレはもっと奏様と仲良くしたい」

「ぼくも奏様と一緒に居たいです」

口々に懇願され、奏は彼等の熱意に押される形で頷く。

——銀砂さんが会わせてくれなくても、羽仁君の言うとおりなら、ギンちゃんに会えるかもしれない。

ギンは曾祖母の思い出を分かち合える、大切な幼馴染みだ。何より結婚して子供までいるのならば、純粋に祝福をしたいとも思う。

「じゃあ、お言葉に甘えようかな。春休みだからもう暫くは大丈夫だし」

少し考えてからそう答えると、伊良達が飛び上がって喜ぶ。

こうして奏の滞在は、さらに続くことになった。

なし崩し的に滞在延長となった奏《かなで》の元に、翌日から銀砂《ぎんさ》も姿を見せるようになった。正確にはこれまでも奏の部屋を訪れていたのだけれど、羞恥《しゅうち》と怒りで奏がずっと無視を続けていたので、顔を合わせたのは犯された夜以来になる。

「熱は下がったようだね」

「……はい」

「葛餅《くずもち》とほうじ茶を用意した。口に合うと良いのだけれど」

ちゃぶ台を挟んで座る銀砂が、ぎこちない仕草で甘味の載ったお盆を奏の前に置く。

午後になると銀砂は奏の元を訪れ、茶菓子を置いていくのだ。

まだ彼に対して完全に警戒を解いた訳ではないし、銀砂も何処《どこ》か余所余所《よそよそ》しい。自分を嫌っているのなら来なければいいのに、わざわざ顔を出すのは当主としての義務感からなのだろうかと、とりとめもなく考える。

「和菓子は嫌いかな?」

「いえ、そういう訳じゃ……」

「妙な物は入っていないから、安心して食べて欲しい。不安であれば、毒味をしよう」

不安げな視線を向けられ、奏は竹で作られたフォークを手に取り葛餅を口に運ぶ。黒蜜《くろみつ》の絡められたそれは、口に含むと程よい甘さが口いっぱいに広がった。

「美味《おい》しい」

「こしあんを混ぜてみたのだけれど、口に合うかな」

「これ、銀砂さんが作ったんですか？」

「不快ならば、残してくれて構わないよ」

どうやら奏が警戒したと誤解したらしく、銀砂が真顔で告げる。

「まさか！　そんな勿体《もったい》ないことしません」

——そういえば、宴《うたげ》の席でも煮物は銀砂さんが作ったって、伊良《いろ》君達が話してたっけ。

するとほっとした様子で銀砂が微笑《ほほえ》む。真顔で凛《りん》とした表情も美しいが、彼の笑みはまるで牡丹《ぼたん》が開いたように優雅なものだ。

——イケメンて、すごいな。優しい上に料理もできて、僕とは全然違う。ギンちゃんがこの人を好きになったのも分かる気がする。

里の長《おさ》で、強い妖力《ようりょく》を持ったイケメンあやかし。

人間ならば家柄もよく地位もあって、おまけに同性も見惚《みと》れる程の美形となれば平凡な自分なんて敵《かな》うはずもない。

——いや、別にギンちゃんを横取りしようとかそんな考えないけど。何て言うか、戦う前から戦意喪失的な……むしろ、僕だって無理矢理じゃなければ……って変な妄想はストップ！

一人で悶々《もんもん》と考え込んでいた奏に、銀砂が労《いたわ》るように声をかける。

「不自由はないかい？　何かあれば、遠慮なく伝えて欲しい」

「いやその、何でもないから大丈夫」

「それなら良いのだけれど」

優しく笑う銀砂は、奏を気遣いながらも決して触れてこようとはしない。一定の距離を保ち、奏が少しでも緊張した素振りを見せるとさらに距離を置く。

——いきなりあんな事されてなかったら、絶対やばかった……。

まるで恋人にでもするような細やかな気配りと向けられる優しさに、絆《ほだ》されそうになっている自分がいる。

いや、既に彼を意識し始めていると、奏は気付いていた。

——銀砂さんは僕の事、犯したんだぞ。それにギンちゃんの旦那《だんな》さんなんだ。変な事考えるな！

「——では私は失礼するよ。食べ終わったら、食器は廊下に出しておいて下さい」

「あ……うん」

もう行ってしまうのかと、残念に思ってしまった自分に奏は驚く。銀砂は奏の心理に気付いていないのか、丁寧に頭を下げて部屋を出て行く。

障子《しょうじ》を閉める直前、寂しそうな視線を向けられ奏は胸が痛むのを感じる。子供の頃、ギンと別れるときに向けられた目とそっくりだったからだ。

あんな悲しげな目をさせたくないのに、幼い自分は彼女の手を握って『また会いに来るからね』と告げるのが精一杯だった。

――似てるから、余計に辛《つら》い。

今の自分も、結局は何もできないどころか、銀砂の目を見ない振りをしている。

でも自分を犯した相手で、幼馴染《おさななじ》みの夫でもある彼になんと声をかければ良いのだろうか。

もやもやとした気持ちを抱えたまま、奏は最後の葛餅を飲み込んだ。

そして銀砂が立ち去り、きっかり三十分が過ぎると木蓮《もくれん》が訪れる。

「奏様、入ってもいいですか？」

「どうぞ、木蓮ちゃん」

気にせず入ってくればいいと伝えてあるにも拘《かか》わらず、木蓮はとても礼儀正しい。優雅な振《ふ》り袖《そで》姿で裾捌《すそさば》きも軽やかに部屋へ入ると、手をついて頭を下げる。

「お加減はいかがですか？」

「もう大丈夫だよ」

「無理をしてはいけませんよ」

――本当、ギンちゃんそっくり。

親子だから似ていて当たり前なのだろうけど、それにしても記憶にある『ギン』と目の前の木蓮はうり二つだ。

「お傍《そば》に行ってもいいでしょうか」

「勿論《もちろん》。今日は何して遊ぶ？　折り紙？　あやとり？」

「折り紙がよいです」

ギンが好んだ遊びは、かくれんぼと折り紙だ。そんな好みも似ているのか、木蓮はにこにこしながら茶簞笥《ちゃだんす》の前に行き、一番下の引き出しを開けて色とりどりの千代紙《ちよがみ》を出して、ちゃぶ台に広げた。

そして鶴や手鞠《てまり》などを、次々に折っていく。

ここからが不思議なのだが、暫《しばら》くするとちゃぶ台の上で折り紙達が動き出す。思い返せば、ギンも奏だけに『動く折り紙』をみんなには秘密と言って見せてくれた。

「懐かしいな」

転げる手鞠を掌《てのひら》に乗せると、まるで生きているかのようにぽんと跳ねる。

「――伊良が私達の事をお話ししたようですが。あやかしと知っても、怖くないのですか？」

「全然怖くないよ。考えてみたら、ギンちゃんもウサギ耳が生えてたし。追いかけっこしたら、屋根までジャンプしたりしてさ。不思議な事は色々あったけど、怖いとは思わなかったなあ」

そういった不思議な出来事を目撃するのは、殆《ほとん》どが奏とナツだけだった。偶《たま》に親戚《しんせき》の子供達もいたけれど、皆見ない振りをしていたのか、リアクションが薄かった気がする。

「木蓮ちゃんを見てると、ギンちゃんを思い出すんだ。かくれんぼしたり、こうやって動く折り紙して遊んだよ――」

掌で跳ねる手鞠を眺めながら、ぽつぽつと話す奏に木蓮が折り紙を折る手を止めた。

「……母を好いているのですか？」

「好きだよ……好きだったって、言うべきかな。昔の事だし……結婚してて、君みたいな可愛《かわい》い子供までいるギンちゃんに伝えていい言葉じゃないしね。だからこれは、木蓮ちゃんと僕の秘密にして」

彼女への気持ちをはっきり自覚したのは、ナツの描き損じが発見されてからだ。幼い頃のあやふやな感情を、未《いま》だに奏は一つの単語に纏《まと》めきれずにいる。

歯切れが悪いと自覚しながらも、木蓮の問い掛けにはできるだけ誠実に答えた。

「分かりました」

ふとどこか安堵《あんど》したように息を吐いて、木蓮が微笑む。

「母に会いに来たと仰《おっしゃ》ってましたけど、本当に忘れていなかったのですね。てっきりその場しのぎの言葉と疑っていました。申し訳ありません」

「え、その話、したっけ？」

確か屋敷まで来た理由は、銀砂には説明したが木蓮にはまだ話していなかった筈《はず》だ。すると慌てた様子で木蓮が気まずげに付け足す。

「銀砂から……聞きました」

意味深な違和感を覚えたが、幼い彼女を問い詰めるつもりはないので奏はギンがいなくなってからの事をかいつまんで説明した。

「僕はずっと覚えていたけど、家族や親戚からも知らないって言われてて。ナツおばあちゃんの家に集まる度に『ギンちゃんに会いたい』って頼んだんだけど、みんな取り合ってくれなかったんだ」

別にタブーとされていたのではなく、親族もナツの弟子《でし》達も『ギン』の存在を完全に忘れてしまっていた。

幾つか撮った記念写真でさえ、ナツの隣が不自然に一人分空いているものも存在している。なのに皆は口を揃《そろ》えて『ギンなどという子はいない』と奏に話すのだ。

同年代の親戚達は最初の数年こそ奏の味方だったけれど、暫くすると彼等も勘違いじゃないかと取り合わなくなってしまった。

「弟は覚えてるっぽいんだけど、小さかったから記憶があやふやみたいでさ。だからできるなら君のお母さんと会って、思い出話がしたいなって思ったんだ。おばあちゃんの形見分けの事もあるし……」

今は純粋に、ナツの思い出を語り合いたいのだと続ける。

「母もきっと、喜びます」

「じゃあ、会える？」

「それは……もう少し待って下さい」

気まずい沈黙が落ちて、奏は反省する。屋敷の主人である銀砂の許可がなければ、ギンに会うことは許されないと、伊良達の話からも分かっていた筈だ。

いくら母娘《おやこ》とはいえ、いや、家族だからこそ、銀砂の意向を無視して奏に会わせるのは難しいのだろう。

俯《うつむ》いてしまった木蓮に、奏は無理矢理話題を変えようと試みる。

「そうだ。木蓮ちゃんて何歳なの？」

「ええと……五歳、です」

「五歳!? 僕、ギンちゃんは少しだけ年上なんだと思ってたけど、違ったのかな」

ナツからは『ギンはお前と同じくらいの歳だから、仲良くできるだろう』と適当に紹介されただけだったので、はっきりした歳は聞いていない。

当時は単純に自分と同じくらいと思い込んで接していたかせいか、今でも深く考えたことはなかった。

「僕が今年で十九だから。木蓮ちゃんを産んだのは十五歳かそこらって事？　あやかしって、そんなに早くに結婚できるの？」

「ギン……じゃなくて母は若いときに私を産みましたが、それなりの歳でした。あやかしですから、人とは歳のとり方が違います」

「あ、そっか。あやかしだもんね」

昔話などでは、よくある話だ。漫画や小説でも、『千年生きた狐』なんて説明はよく目にする。

素直に答えてくれる木蓮に、奏は一番気になっていた疑問をぶつけてみた。

「木蓮ちゃんのお父さんは、銀砂さんなの？」

するとそれまで落ちついて受け答えしていた木蓮が、あからさまに目を泳がせる。

「あ、あれは母の兄だ！　父などではない、絶対に違う！　信じてくれ！」

口調まで変わった木蓮に、奏はただ困惑する。

冷静な木蓮の慌てぶりを前にして、鈍い奏でも流石《さすが》に彼等が特別な関係にあると確信した。

――やっぱり銀砂さんは、ギンちゃんの旦那さんなんだ。

覚悟していたとはいえ、胸が苦しくなる。

木蓮ははっきりと認めたわけではないけれど、黙り込んだ奏に何度も否定する様子からして答えは出たようなものだ。恐らく父親である銀砂から、理由があって親子関係を口止めされているのだろう。

しかし木蓮に罪はないので、奏は問い詰めるつもりはないと微笑んで頷《うなず》いてみせる。

「そうなんだ。髪と目の色がそっくりだから、勘違いしちゃった」

上手《うま》く騙されたふりができたか、自信はない。けれど木蓮がほっとした様子でお茶を一口飲む姿に、奏も安堵する。

――銀砂さんが僕に酷《ひど》い事をしたのと、ギンちゃんとの結婚を隠すのは何か理由があるんだろうな。

木蓮がこれでは、伊良達に聞いても理由など教えてくれないに決まっている。

――本当の事は、銀砂さんに問い質《ただ》すしかないか。

黙り込んだ奏の顔を、木蓮が覗《のぞ》き込む。

「嫌いですか？」

「え？」

「……銀砂のこと」

ぽつりと告げられた名に、奏は困ってしまう。

「分からない」

取り繕《つくろ》うことも忘れて言ってしまった言葉を、奏はすぐに後悔した。木蓮の長い耳がぺたりと伏せられ、両手をぎゅっと握りしめる。

「あ、あのね。銀砂とはちょっと大人《おとな》同士の喧嘩《けんか》というか、何て説明すればいいのかな。僕が失礼な事したのが原因だから。その、ごめんね。嫌ってないけど仲良しって訳でもなくてね」

酷い事はされたけど、あれから銀砂も反省している様子なのは分かる。それに時折見せる悲しげな表情に胸が疼《うず》き、強く憎むこともできずにいた。

「いいえ。私こそ不躾《ぶしつけ》な事を伺《うかが》ってすみません。この姿で聞くべき事ではありませんでした」

「この姿?」

「何でもないです」

俯いた表情は、やはり銀砂に似ている。

愁いを帯びた横顔は、奏の部屋を出て行くときに見せるそれとそっくりだ。

——……あれ?

奏はふと、自身の違和感に気付く。

これまでは木蓮をギンと、ギンを銀砂と重ねていたのに、今は目の前の少女の姿に銀砂を思い浮かべているのだ。

銀砂と言葉を交わすようになって、彼への印象は大分変化していた。

何を考えているのか分からないのは変わらないが、ただ冷たいだけではない。彼なりに奏を気遣い、不器用ながらも打ち解けようとしてくれている。

ただどうしてか、一線を引いた態度も崩さない。

矛盾している対応だけれど、伊良や木蓮の話から想像すると『玉兎《ぎょくと》の里』の長である銀砂には何か守らなくてはならない決まり事があるのだろう。

——人間を『贄《にえ》』なんて言うくらいだし。

きっと人間の自分には想像もつかない、理屈や決まりがあるに違いないと確信する。そもそもあやかし達の論理を、人間の思考に当てはめて考える事が間違っている。

——……いや、そこまで気を遣う必要もないだろうけど……。いくら僕が『贄』の意味を理解してなくたって、無理矢理……やらしいことされて良いわけないし。

斜め向かいに座る木蓮に視線を向けると、赤い目が見返してくる。宝石のように輝く瞳は、やはり何処か悲しげだ。

「——銀砂、さん」

「はい？」

唐突に父の名を呼んだ奏に驚いたのか、怪訝《けげん》そうに木蓮が答えた。

——僕はギンちゃんが好きだ。そりゃ結婚してるギンちゃんに告白するなんて、馬鹿な事はしないし……この気持ちだって、懐かしいってだけだ。

この数日、自身の中で何度も繰り返した事をもう一度頭の中で考える。

「別に当たり前のことだよ。子供の時の約束を今でも本気で引きずってるとかじゃないし」

「奏様？　どうしました？」

形にならないもやもやとしていただけの感情が、奏の中で次第にはっきりとした像を結んでいく。

ギンを好きな事には変わりない。ただそれは、あくまで懐かしさを含んだ感情だ。

どうしてこんな言い訳めいた思考を繰り返しているのか、それが奏にはよく分かっていなかった。

けれど不安げに見つめてくる木蓮を前にして、奏は気付いてしまう。

自分は、銀砂に惹《ひ》かれている。

彼と過ごす時間は短く、込み入った話もしていない。嫌われている筈だし、自分だって銀砂にされた行いを許したわけでもないのだ。

なのに彼の辛そうな表情を見ると、手を取って慰めたくなる。

——大好きなギンちゃん……そのギンちゃんの旦那さんを好きになるなんて、僕は最低だ。

あの夜、初めて知った強い快楽に溺《おぼ》れて絆されたのなら、まだマシだった。でも自分は、確かに銀砂自身が気になり始めている。

自分でも整理のつけられない感情の波に、奏は目眩《めまい》を覚えた。

好きになった相手は初恋の相手の夫で、自分を犯した男。

「……ごめん、木蓮ちゃん。ちょっと横になるね。お夕飯はいらないって、伊良君に伝えて貰《もら》えるかな」

「ええ。でしたら薬湯を――」

「眠れば治るから大丈夫だよ」

「分かりました。ではお布団《ふとん》だけでも敷かせて下さい」

木蓮が素早く立ち上がり隣の寝室に入ると、布団の仕舞ってある押し入れを開けた。何事かを唱えると布団が勝手に飛び出てきたように見えたが、深く考える余裕など奏にはない。促されるまま横になり、木蓮が出て行くのを確認すると奏は枕に顔を埋《うず》める。

――早くこの家から出て、銀砂さんから離れないと。

ギンの事は気がかりだが、彼女を不幸にする感情を持った状態で再会などしたくない。何よりこれは、叶《かな》わない恋心なのだ。

奏は頭まで布団を被《かぶ》り何も考えないようにして目蓋《まぶた》を閉じた。

「はあ……どうしたものか」

「銀砂様、今は『木蓮様』ですよ。しっかり演じて下さい」

縁側で深い溜息《ためいき》を吐く銀砂の横で、伊良がこそりと囁《ささや》く。幸い奏は歩兵《ほへ》と一緒に、おやつの羊羹《ようかん》を取りに行ったところだ。

奏は大分落ちついてきたけれど、まだ自分と二人きりになると緊張するようで会話もぎこちない。

——この幼女姿で騙《だま》しているのも、そろそろ限界だ。

先日は焦る余り、奏の気持ちを知りたくてつい『木蓮』の姿で問い詰めるような真似《まね》をしてしまった。

愛《いと》しい奏を騙しているという後ろめたさと、本来の姿で触れ合えない事が予想していた以上に銀砂にとって苦痛だった。

しかし『木蓮』として接する時間が長引くほど、『木蓮と奏』の関係は良好になっていく。

当然、本当の事など言い出す雰囲気もタイミングも消えてしまう。

「奏様の件でお悩みですか、銀砂様」

そこへ庭仕事をしていた羽仁《はに》が、ひょこりと現れて元気よく飛び跳ねる。これは何か楽しいことを思いついた時の、羽仁の癖だ。

「子作りすれば万事解決ですって！　奏様なら、きっといいお嫁《よめ》さんになるぜ！」

「……そう簡単な話ではないのですよ」

再び溜息を吐く銀砂の横で、伊良が呆《あき》れたように羽仁を窘《たしな》めた。

「羽仁はお馬鹿ですね。繊細な問題なのですから、きちんと考えて下さい」

「なんだと伊良！　じゃあお前は、いい考えってのがあるのかよ！」

問い詰められた伊良が、返答に詰まって黙り込む。

どちらにしろ、このまま騙し続けるのは無理が生じる。咄嗟《とっさ》の受け答えであちこち綻《ほころ》んだ設定だから、いつ瓦解《がかい》してもおかしくない。

事情が飲み込めないまま屋敷に留め置かれていれば、奏は再び銀砂を問い詰めてくるだろう。

そうなった時、己《おのれ》はどんな行動を取るのか考えたくない。

——感情に任せて、奏を傷つけるようなことは避けなくては。

とはいえ妙案も浮かばず、銀砂は何度目か分からない溜息を吐いた。すると再び、羽仁がぴょんと飛び跳ね宙返りをする。

「薬湯に入るってのはどうかな？」

「下らない。もっと真面目《まじめ》に考えなさい」

「伊良は頭が硬いな。人間の世界じゃ、アロマテラピーってのが流行《はや》ってるんだぜ。良い香りでリラックスすると、ストレスが軽くなって心も体も楽になるんだってさ」

「……あろま……？　すと、れす？」

「伊良、もうちょっと人間の勉強しろよ。つまりだな、銀砂様は緊張してバラす切っ掛けが作れないんだろ。奏様は優しい方だし、落ちついて話ができれば分かってくれるんじゃね？」

荒療治とは思ったが、現状では羽仁の案に乗ってみるのが良案にも思えてきた。

「奏に全てを告げられるかは別として、話す切っ掛けが作れるかもしれません。試してみましょう」

「銀砂様」

「やったー、じゃあオレ風呂《ふろ》湧かしてくる！　この間、良い香草を買ってきたんだ」

まさに脱兎《だっと》のごとく駆け出した羽仁を見送り、伊良が不安げに銀砂を見上げた。

「よろしいのですか？」

「お前達の力を借りなければ、踏み出すこともできない私を情けなく思っているだろう。腑《ふ》甲斐《がい》ない当主ですまない」

「そんなことはありません。私達は銀砂様と奏様の幸せを、心から願っています」

「ありがとう」

玉兎の里を離れ勝手気ままに生きている銀砂に、伊良達は文句も言わず仕えてくれている。それぞれの家から命じられた事とはいえ、子ウサギ達にとってはいつ里に戻れるとも知れない日々は退屈極まりないだろう。

代わり映えのしない日常に、突如、奏がやってきたことで彼等は良くも悪くも舞い上がっている。

「さて、そろそろ奏と歩兵が戻ってくる頃だ。上手く話を合わせてくれよ」

「畏《かしこ》まりました」

神妙な面持《おもも》ちで頷く伊良の背後から、奏達の足音が聞こえてくる。銀砂は『木蓮』らしい幼げな笑みを浮かべて、愛しい人の姿を待った。


縁側でのんびりとしたおやつタイムを楽しんだあと、どういう訳か奏は羽仁から風呂へ入るよう勧められた。

「良い香草が手に入ったんだ。お風呂で使う、特別配合のアロマなんだぜ。奏様のストレス軽減用に取り寄せたんだ」

えっへんと胸を張る羽仁が可愛らしくて、奏は彼の頭を撫《な》でる。

「ありがとう。玉兎の里には何でもあるんだね。でもそんな高級そうな物、いいの？」

「勿論！　一流の薬師《くすし》が調合した品だから、奏様に使って欲しくてさ。折角だから、木蓮様と一緒に入ってよ」

心遣いが嬉《うれ》しくて頷きかけたが、最後の言葉が引っかかり奏は首を横に振る。

「いや、それはマズイって。えっとね、人間の世界だと血縁でもない男女が一緒にお風呂に入るのは良くないんだよ。特に子供は……」

もしギンに知られれば、激怒どころか殺されかねない。

しかし当の木蓮から、衝撃の言葉が飛び出す。

「私は男ですよ」

いつものように花柄の振り袖を纏い、紅《あか》い珊瑚《さんご》の髪飾りを付けた木蓮はどう見ても美幼女だ。

まだ幼く第二次性徴も現れていないのを抜きにしても、誰もが女児と間違えるに決まっている。

「えっ……女の子だと思ってた。ごめんね」

「謝らないで下さい。ギン……母とそっくりなのですから、勘違いするのも、無理はありません」

機嫌を悪くした様子もなく、木蓮がころころと鈴の音のような声で笑う。

「では決まりですね。お支度《したく》はしてありますから、湯殿《ゆどの》へ参りましょう」

羽仁に促され、奏は彼に手を引かれて歩き出す。そっと木蓮の様子を窺《うかが》うと、穏やかな笑みが返された。

——これもウサギ流のおもてなしなのかな？

ともあれ、彼等の好意は伝わってくるので、奏は大人しく彼等に従った。

「お湯加減はいかがですか？」

木蓮を伴って湯船に入ると、窓の外から羽仁の声が聞こえる。

「ありがとう、丁度いいよ」

膝《ひざ》の上に木蓮を乗せて五右衛門風呂《ごえもんぶろ》に浸かると、奏はほっと息を吐く。

木蓮が男児である事に間違いはなかったが、この湯船は彼にはまだ大きすぎるので一人では入れない。

特に木の蓋を湯船の底へ押し付けて入る五右衛門風呂は、ちょっとばかりコツが必要だ。

「いつもこのお風呂じゃ大変じゃない？」

「……子ウサギ用のお風呂があるので、そちらに入ってます」

もごもごと答える木蓮の耳は、お湯で温まったのかピンク色に変わっている。

——あついのに弱いのかな。あやかしっていっても、ウサギだし。長湯はしないようにしよう。

暢気《のんき》にそんなことを考えていると、風呂釜の上にある小窓が開いて羽仁の声が聞こえた。

「では、香り袋を入れますね」

「え、入れるって窓から？」

「行儀が悪いですよ。羽仁」

咎《とが》める木蓮に構わず、ちりめんで作られた香り袋が投げ込まれた。それは湯船に落ちると、途端に湯を吸って甘い香りを放ち始める。

「ティーバッグみたいだね。わあ、いい香り」

袋自体は小さいが、一瞬で花の香りが浴室に広がる。

「っ……奏様。出ましょう」

「どうしたの、木蓮ちゃん？」

急に慌てだした木蓮に尋ねた途端、奏は目の前がくらりと揺れる。まだ逆上《のぼ》せるほど、湯船には浸かっていない。

「人には刺激の強い薬です。息を止めて、早くお風呂から出て下さい」

そう言われても、事態の飲み込めない奏はどうしていいのか分からない。

湯殿に充満した香りは濃くなるばかりで、頭の中がふわふわとして全身が急激に熱くなっていく。

――やばい。木蓮ちゃんだけでも、お風呂から出さないと。

湯船で倒れて、木蓮を下敷きにしてしまったら大変だ。彼の体を持ち上げようとした次の瞬間、何故《なぜ》か奏の体がふわりと浮いた。

逆に誰かの手で横抱きにされたと気付いたが、頭がぼうっとして視界がぼやけてくる。

「だれ……？　銀砂さん、なんで……」

奏を守るように抱きしめているのは、銀砂だった。

湯殿を出ると、すぐさま銀砂がバスタオルで香りの付いた湯を拭《ふ》いてくれる。けれど香りは肌《はだ》に染み込んだかのように、全く取れない。

「……どうして……」

纏わり付く甘い香りで意識が朦朧《もうろう》としつつも、奏は目の前の出来事を理解しようとして必死に問い掛けた。

「――すまない。木蓮もギンも、私が化けた姿だ」

「化けてたって⁉　……なんで、そんなこと……してたの？」

信じ難《がた》い告白に、奏の思考が僅《わず》かだけれど明瞭になる。

「里の目を誤魔化す必要があったから、幼い少女の……ギンの振りをしていたんだ。それはナツからの頼みでもあったんだよ。実際彼女は、私を描いた事で画壇への復帰を果たした。勿論、彼女の実力だよ」

「銀砂さんが、おばあちゃんの絵のモデル？」

頷く銀砂が嘘《うそ》を言っているとは思えない。

確かに曾祖母《そうそぼ》の代表作は、ギンそっくりの幼女の連作だ。ウサギの耳を生やした、長い銀髪に赤い目の幼女はインパクトがあり、大層話題になったと父からも聞いている。

そして曾祖母は名誉ある賞を取り、男性社会だった画壇での地位を確実な物にしたのだ。

「騙してすまなかった、奏君。——ギンはともかく、木蓮については、その……咄嗟に……」

申し訳なさそうに口ごもる銀砂に、奏は弱々しく首を横に振る。

「怒ってないよ……それより、体があつい……」

縋《すが》り付くと、銀砂が奏を抱いたまま湯殿に近い部屋に入る。

まるでこうなると予期していたかのように、室内には分厚い布団が敷かれていた。

「全く。こんな事までするとは……」

どうやら銀砂も予想外だったのか、眉《まゆ》を顰《ひそ》めて溜息を吐いた。その吐息が首筋に当たるだけでも、奏の肌は反応してしまう。

「助けて、銀砂……僕、体が……ッ」

布団に下ろされ身を捩《よじ》ると、脚の付け根に違和感を覚えた。

——なにこれ？

お湯ではない液体が内股《うちもも》を濡《ぬ》らしており、奏は最悪の事態を想像して涙目になる。

「や……見ないで」

子供みたいに顔を覆い、脚を閉じて汚れた部分を隠そうとする。しかし銀砂は奏の髪を優しく撫でながら、力の入らない手を摑《つか》んでそっと退《ど》けてしまう。

「大丈夫だから、泣かないで」

「でも、これって……漏《も》らして……」

「香り袋が原因だね。あの薬草には、人間を強制的に発情させる成分が含まれている」

「でも僕は男だよ」

勃起《ぼっき》するならまだしも、自身の先端からは先走りが滲《にじ》んでいるだけだ。戸惑う奏に構わず、銀砂が片手を濡れた内股へと滑らせ、後孔をなぞる。

「ひゃっ、んっ」

「雄を受け入れやすいように、自然に濡れただけだ。一度私に抱かれているから、雌に対する効能が強く出たのだろう」

雌と言われていたたまれなくなった奏は、益々《ますます》困惑する。

――濡れるって……。

漏らすのも濡れるのも、どちらも恥ずかしい事に変わりない。

「これ、どうしたら止まるの？」

「薬効が切れるのを待つか、雄を受け入れるかのどちらかだね。君がこのまま我慢することを選ぶというなら、私はもう無理矢理君を抱いたりはしない」

そうは言うけれど、銀砂の辛そうな表情と下腹部に触れる張り詰めた彼の性器が、奏の淫《みだ》らな欲を煽《あお》る。

湯殿から出たにも拘わらず、話している間に体も頭もぼうっとして耐え難い疼きが全身に広がっていく。

——我慢なんて、できない。

自分の体は、あの夜与えられた快感を欲していた。

奥まで蹂躙《じゅうりん》して、強く擦《こす》って欲しい。

そんないやらしい考えで、頭の中が溢《あふ》れかえる。

「助けて、銀砂……」

耐えられなくなり、奏は銀砂にしがみつく。湯殿からは浴衣《ゆかた》も羽織らず出てきたので、互いに素肌を晒《さら》した状態だ。

恥ずかしくて泣きそうな奏の耳元で、銀砂が囁きかける。

「奏が悦《よ》くなることだけをしよう。入り口の近くをあやしてから……ゆっくりと深く埋めて、奥をたっぷりと捏《こ》ねて。感じる場所だけを突いてあげるからね。安心して体を任せなさい」

美しい唇《くちびる》から淫らな言葉が告げられ、それだけでも背筋がぞくりと甘く震えてしまう。

「優しく、してくれる？」

「勿論だ」

銀砂の手で脚を広げられ、濡れた後孔を彼に暴かれる。視線を感じ、内側がじんと疼く。

両膝を曲げられて彼を受け入れる姿勢を取らされた奏は、何気なく銀砂の雄を見て小さく悲鳴を上げる。

「う、そ……」

『贄』として犯された夜は互いに着物を着ていたし、室内も行燈《あんどん》の薄明かりだけだった。それに奏は、銀砂の性器を見る余裕もなかった。

しかし今は、襖《ふすま》を閉じているとはいえ日も高い。部屋に光を入れる窓の障子は開け放たれており、互いの表情も何もかもが細部まで見て取れる。

咄嗟に身を捩り、逃げようとした奏の腰《こし》を銀砂が摑んで引き寄せた。

「こんなの、はいらないよ」

雄々《おお》しく勃起した性器は、人のそれよりもずっと大きくカリも張っている。

「でも君の体は、私を欲しているね。受け入れる準備は十分に整っている」

入り口を先端で刺激されて、奏は息を吞《の》んだ。銀砂が片手で奏の下腹を撫でると、内側が濡れた音を立てて物欲しげに震えるのが自分でも分かる。

規格外の性器に犯される恐怖より、それが与えてくれる快楽を欲する気持ちが上回った。

「……銀砂……きて……」

くたりと全身の力を抜き、奏は吐息のような声で銀砂を誘う。

銀砂も約束したとおり奏を焦《じ》らさず硬い先端を濡れた後孔に埋めてくれる。

「んっ、ふ……ぅ」

少し挿《い》れられただけで、腰が痺《しび》れたみたいに感じてしまう。

「声を抑えなくていい」

「変だから、聞かないで……っ」

「私は奏の全てを知りたい。部屋には結界を張ったから、ここでの秘め事は伊良達には聞こえない」

「でも」

「聞いているのは私だけだから、好きなだけ声を出しなさい」

——それが恥ずかしいのに！

ぐいと腰を進められ、カリが前立腺《ぜんりつせん》に当たる。

「あンッ」

硬いカリに弱い部分を押しつぶされた状態で銀砂が動きを止めたので、奏は精を放たず浅く達した。

奏の反応を見ながら、銀砂が入り口付近を優しく責め立てる。甘怠い快感が蓄積されて、奏は枕を摑んで背を反らす。

——これ、駄目になる。

無防備に開かれた胸を銀砂の唇が吸い上げる。乳首を舌先で転がされ、腰に溜《た》まる熱が限界に近くなっていく。

「奏、どうして欲しい?」

優しく問われ、奏は恥じらいながらも銀砂を求めた。

「ん、っあ……そこ、いいから……もっと、おく……っ」

「素直で良い子だね」

奏の答えで興奮したのか、銀砂自身の質量が増した。雄がゆっくりと挿入され、奏の内部を容赦なく広げていく。

「っん……ぅ」

淫らな悦《よろこ》びに全身が痙攣《けいれん》し、奏は両脚を銀砂の腰に絡めた。

「あ、あッ」

「上手《じょうず》だよ、奏。体は番《つが》い方をとても良く理解している。お腹《なか》に力を入れて、締め付けてごらん。もっとよくなる」

雄を奥まで受け入れやすいように、勝手に腰が浮いてしまう。

それを銀砂は心から賞賛し、奏が言われたとおりにするとまるでご褒美《ほうび》を与えるように感じる部分を抉《えぐ》ってくれる。

――っ、がまんできない。

触れられていないのに奏の自身からは、精液が滲み出していた。半勃《はんだ》ちの状態で、前からの快感は殆どないと言ってもよい。

物足りなくもどかしい快感をどうにかしたくて、奏は情けなく銀砂にねだる。

「待って、銀砂。前……苦しい」

前を触って欲しくて訴えると、銀砂が動きを止めた。そのまま一旦休ませてくれるのかと思った瞬間、奏は銀砂の膝に抱き上げられる。

「あっ……銀砂、ダメっ」

胡座《あぐら》をかいた銀砂の上に落とされ、その衝撃で奏は達してしまった。

ひくひくと震えながら蜜を放つ奏に、銀砂が額や頬《ほお》に口づけを落とす。

「綺麗《きれい》だ、奏」

「……見ないで……」

「何故？」

「はずかし……っ、から——あ、ぁ」

最奥を捏ねられ、奏は強い刺激と快感に涙を零《こぼ》す。

「深すぎるの、こわい……あっぁ」

銀砂にしがみつくと自然に自身が銀砂の腹筋に当たり、意図せず彼の肌を使って自慰をしているような恰好《かっこう》になる。

「怖くないから。このまま、私に合わせて」

内部が雄に絡みつき、痙攣を繰り返して止められない。ビクビクと腰が跳ね、奏の意思と

は反対に快楽を貪《むさぼ》り続けている。

「ぎん、さ……これ本当に、ダメ、だからっ」

自身と後孔。両方の刺激で達した奏は、泣きじゃくりながら銀砂に縋った。長い髪を掴んでも銀砂は怒りもせず、愛おしげに触れるだけの口づけを繰り返す。

「奏……私だけの愛しい番《つがい》。君をもっと感じたい」

熱を帯びた銀砂の声に反応し、疼きが激しくなる。

「やっ——あッァ、う」

じっくりと奥を捏ねられて、奏は何度も上り詰めた。精液が出なくなっても内部への刺激は止まらず、銀砂が甘い拷問にも似た愛撫《あいぶ》で奏を追い詰めていく。

「っく……ぅん……」

抱き締める腕に力が籠もり、間を置かず奥へ叩《たた》き付けるように濃い精液が放たれる。

——お腹の奥、じんじんしてる。……きもち、い……。

崩れそうになる体を銀砂がしっかりと抱き留めてくれる。その力強い腕に体を預け、奏は銀砂を受け入れたまま気を失った。

互いの体を清め浴衣を着てから、銀砂は奏を布団に横たえる。白い肌には赤い噛《か》み痕《あと》が散っており、己が強いた情交の激しさを物語っていた。

情を交わしたのは初めてではないとはいえ、人の身には辛かったはずだ。

けれど奏は本気で抗《あらが》うことはなく、意識を失うまでずっと自分に縋っていてくれた。

銀砂は欲望のままに奏を貪った己を再び恥じると共に、細い体で自分を受け止めてくれた愛しい人を前にして胸の奥が熱くなる。

「……ぎんさ、さん？」

意識が戻ったのか、寝惚《ねぼ》けたような掠《かす》れた声で名を呼びながら起き上がろうとする奏を、銀砂は肩をそっと押さえて止めた。

だが奏は首を横に振り、布団の上に座って銀砂に向き合う。

「気を失っていたんだよ、無理をさせたね、申し訳ない」

何か言いたげな奏に、銀砂も覚悟を決める。

この状態で、誤魔化し通すのは無理だ。

「奏君に、伝えなければならない事がある」

「僕も貴方《あなた》と話がしたい」

「長くなってしまうけれど……」

「構いません」

普段の穏やかな奏と違い、その眼差《まなざ》しには強い意志が宿っていた。もう欺瞞《ぎまん》もなにも、彼にはきかないだろう。

けれどその意志とは反対に、疲弊しきった体では座っている事も難しいようだ。

「奏君、触れるよ」

傾《かし》ぐ奏の体に手を伸ばすと奏は一瞬身を竦《すく》ませた。けれどすぐ銀砂の意図を察して頷き、抱き寄せるままに大人しく膝に座ってくれる。

横抱きにして楽な姿勢を取らせると、体温に安心したのか奏がほっと息を吐く。

「まずは改めて、真実を話そう。ギンも木蓮も、私が化けた姿だ。君を長らく騙していて、すまなかった」

薬で意識が完全に混濁する前に、ギンに化けた理由は伝えてあった。それは記憶に残っていたらしく、奏も頷く。

「銀砂さんがギンちゃんに化けた理由は分かりました。ナツおばあちゃんが賞を取った絵に、ギンちゃんが描かれていたし。でも……なんで……」

「銀砂、で構わない」

今更親しげに呼んで欲しいなんて勝手だと自分でも思う。しかしもう取り繕う意味もない。

「君を手放さなければいけなかったのに、屋敷から脅して追い払うこともできず――あさましい欲に負けた。真実を告げて、拒絶されたらと思うと怖かった」

『人間の奏を守る為に、帰さなくてはならない』という建前と、『奏を離したくない』という本音の間で揺れた挙げ句、相反する感情を半ば八つ当たりのように奏にぶつけた結果がこれだ。

「君が『贄』の事など知るはずがないと分かっていたのに、何も告げず自身の欲望のままに契った。許してほしいと言える立場にないのは理解している」

「僕を嫌って……その、こういうこと……したんじゃないんですね。てっきり、その……嫌がらせかと思ってたから……よかった」

契る行為は玉兎一族にとって、神聖なものだ。しかし多くの人間は秘め事と認識し、恥じらうのだとも銀砂は知っている。

だから奏が言葉を選びつつ、行為を受け入れてくれたと気付き胸を痛める。

「嫌ってなどいない。結果として君を犯しただけでなく、何度問われてもギンの正体を偽った。呆れ、忌《い》み嫌われても仕方のない事をした」

罵《ののし》られることを覚悟したけれど、奏は胸に垂れる銀砂の長い髪へ縋るみたいに指を絡め首を横に振る。

「僕も、銀砂に言えなかったことあるよ。今なら笑い話だけど……ギンちゃんが結婚したんだなって思って、でもちゃんと聞けなかった。それで銀砂のこと、ギンちゃんの旦那さんかも、きっとそうなんだって思ってたのに」

困ったように奏が言葉を探す。そして意を決した様子で、ぽつりと信じられない事を告げた。

「銀砂のこと、好きになっちゃったんです。僕の方が酷いよ……ごめんね」

同一人物を愛したのだから、奏がその恋心を罪に感じるのは無用なことだ。

そもそも彼が屋敷を訪ねてきたときに全てを話していれば、そんな誤解は生じなかった。

「奏はなにも悪くない。君の気持ちを傷つける結果になって、すまなかった」

謝る奏を抱き締めると、細い体が素直に身を寄せてくる。浴衣越しに感じる体温が愛おしくて、銀砂は奏が怯《おび》えないように額へ口づけた。

「じゃあ、えっと、その……銀砂は僕の事」

「私はずっと君を愛していた。今までも、これからも。この気持ちは永遠だ」

「良かった」

縋り付いてくる奏を、強く抱き締める。遠回りをしてしまったが、やっと互いの想いが通じ合い、二人は暫《しば》し見つめ合う。

「そうだ。どうして、僕を帰そうとしたの？　騙したのにも、理由があるんだよね？　伊良君達から聞いた『贄』や『しきたり』の内容も、正直よく分からないままだし」

奏が疑問に感じるのも仕方ないことだ。

これまでは、彼を手放し一切の関わりを絶たねばならないと、そのことに気を取られていたので説明も何も中途半端なままだ。

結論を言うのは簡単だけれど、それだけではもう奏は納得しないだろう。

「私がウサギの——玉兎の里の長というのは、伊良から聞いているね？　私の家は全国に散るウサギのあやかし達を統括する由緒ある一族だ。他の家系とは違い、独特のしきたりが関係するんだよ。順を追って話そう」

「難しそうだけど、頑張って聞くから。銀砂の事、全部知りたい」

覚悟を決めた眼差しが、銀砂を射る。これまで様々な神やあやかしと会ってきたが、これほど強く優しい覚悟を持った瞳は奏だけだ。

——この瞳に、私は心惹かれたのだ。

昔、木蓮の木の下で自分を見つめた瞳。

懐かしい感傷に浸りそうになる気持ちを落ちつけて、銀砂は語り始めた。

「——私がナツと出会ったのは、ある意味運命だった。私は里の方針に嫌気が差し、出奔した。ナツは画壇での軋轢《あつれき》に疲弊し、筆を折ろうとまで追い詰められていた……そんな時、偶然この森で出会ったんだよ」

避暑の名目で、当時は那波家の別荘だった現在の本家に滞在していたナツが裏山に登り、行く当てもなく身を隠していた銀砂とばったり遭遇した。

あの頃はまだ人間とあやかしの境界は曖昧で、視《み》える者も少なくなかった時代だ。しかし問題は、銀砂の持つ『富を司《つかさど》る力』にあった。

「富？　宝くじを当てるとか、招き猫みたいなそういうの？」

無邪気に問う奏に、銀砂は微笑む。

「そういったものも含まれるね。しかし私の力は、もっと広範囲だ。立身出世、商売繁盛、望むなら金銀財宝を呼び寄せられる。宴の席で奏に見せた装飾品は、世界中から勝手に集まってきた物達だ」

それは、人だけでなく、あやかしさえも惑わす力だと続ける。

『富』は単純に欲望を形にしたものだ。そんな力を自在に操れれば、どんな願いも思いのまま――だがその『自在に』というのが難しく、逆に力に使われ害されてしまうのが常だった。

特に人間は冒されやすく、欲に取り憑《つ》かれ身を滅ぼす者は後を絶たない。なので『富を司る力』を受け継ぐ代々の長は、人との接触には慎重だった。

しかし希《まれ》に、惑わされない人間もいる。

それが、ナツと奏だ。

「あやかしに対しては、私が力を抑えていれば影響を及ぼすことはない。しかし人は違う。私と話をしたり、あるいは触れた物を手にしただけで豹変《ひょうへん》する者もいる。だがナツは私を『描きたい』とだけ望んだ。それだけだ。そして奏も、私の力を望まなかった」

ナツは単純に銀砂を描きたいと言い、対価として静かに過ごせる場所を提供すると申し出た。以来、利害の一致した人間とあやかしは、不思議な共同生活を始める。

「それならどうして、何も言わないで居なくなったの？」

幸いなことに、ナツの一族や門下生は彼女の影響もあってか銀砂の力に惑わされる事はなかった。ただ己の存在を無視するように仕向け、座敷童《ざしきわらし》のように無害な形で人間の生活に入り込む。

そう、問題はなかったはずなのだから、何故突然出て行ったのかと問われて当然だ。

「ナツの家から出たのは、奏が私に求婚してくれたからなんだ。勿論、嫌だった訳ではないよ。私としてはすぐさま攫《さら》ってしまいたい程に嬉しかったのだからね」

「求婚って……あ、『結婚ごっこ』のあれ？　でも子供の遊びだったし……」

気まずそうに口を噤《つぐ》む奏に、銀砂は安堵させるように微笑む。

「あのとき君が真実を理解していない事は分かっていたよ。それでも私は嬉しかったし、玉兎の長として求婚を受け入れた。それに今は、奏も私を愛してくれているのだろう？　それなら問題はない――さて、話を戻そう」

人ならば『子供の遊び』と一笑に付される内容だが、相手があやかしであればたとえ言葉遊びでも魂を縛る契約に至る事もあるのだと説明をする。

「私の居場所を突きとめた里のウサギが、間の悪い事に、君の告白を盗み聞いてしまってね……私の一族は、富と繁栄を最も重視する。長の責務は、子孫繁栄を成《な》すこと。つまり子作りに励まなくてはならない」

「子作り……」

長である銀砂に人間が自ら『嫁入り』を告げたと知って、里のウサギは色めき立った。

しかし人との婚姻《こんいん》は、種族の違いから禁忌とされる。子を生《な》せない番を寵愛《ちょうあい》して他の伴侶を持たなければ、『富を司る力』が潰《つい》えてしまうからだ。

そこで先祖達は、長が守るべき決まりを作った。


『玉兎が人の子と婚姻を為《な》すは、贄として食すべし』


今も昔も、人間の『贄』は貴重だ。特に婚礼前の祝い膳《ぜん》として、推奨されていた時期もある。

「――里のウサギ達は、私や里への忠誠から君に術をかけ攫おうとしていた。勿論、そんな事をさせるつもりはなかったのだけれど、私がナツの屋敷にいる限りいつどんな方法を使うか分からなかった」

「そうだったんだ」

「少しでも、君に恐ろしい思いをさせたくなかった。こうして再び相見《あいまみ》えてのちも伊良達にも言い聞かせていたのだが……」

苦渋の表情で告げる銀砂に、奏が唇を噛む。

「銀砂は里の掟《おきて》に従おうとする伊良君達から僕を守ろうとして、わざと冷たい態度を取って追い返そうとしたんだよね。銀砂も伊良君達だって悪くないよ」

「奏は優しいね」

あやかしからすれば人間は非力な存在だ。『生け贄』の風習も人間の世界から廃《すた》れて久しい。

そこで銀砂は、里に戻ったのを切っ掛けに、一大改革を為した。

「里の者達には、長の力が代替わりをするにつれて増している事は知らされていなかった。人を食べる必要がないから『贄』の儀式も形骸化していて、食べた振りをして安全な場所へ逃がしていたんだよ。その事実を公表し、他種族との婚姻を許可して無駄な儀式は止めさせた。無意味な事を続けても意味がない」

「それって歩兵君の言ってた、お姉ちゃんの結婚にも関わる事だよね」

「ああ。あの子の姉は、狐に嫁《とつ》いだからね」

とはいえ、古い考えのウサギはまだ多い。

特に長に関わる決まり事は、複雑なのだと続ける。最近になってやっと、人間は『弱く慈しむべき存在』だという理解が広まってきたくらいだ。

「ねえ銀砂。そんなに力が強いなら、決まり事を変えるのは簡単じゃないの？」

「――私が受け継いだ力は、奏が想像している以上に強大なんだよ。私は里のウサギを、恐怖で支配したくはないんだ。時間はかかっても、皆が納得する形での改革を成し遂げたい」

「ごめん」

軽々しく言ってしまったと反省する奏に、銀砂が首を横に振る。

「異なる種族なのだから、分からなくて当然だ。それに皆の前では、かなり力を抑えている。ナツでも私の真実を知らなかった」

種族を超えて親交のあったナツでさえ知らなかった銀砂の力がどれほどのものなのか、奏には想像もつかないのも無理はない。

「一度はこの力を手放そうとした事もある。けれどその結果、誰が力を受け継ぐのかを巡って、同族が争った。その上、勝ち取った者が次々と力の負荷に耐えられず、心身を病んで朽ちていく有様は……酷いものだった」

妖力が弱ければ『冨を司る力』が逆に体を蝕《むしば》むのだと続ける。結局『冨を司る力』を制御できるのは今代では銀砂しかいないと、一族に乞われて力を自らに戻すことになったのだ。

「君の幸せを願うのなら、二度と会わないようにするべきだった。けれど心弱い私は、君を諦めきれず、この森に居を構えてしまったんだよ」

ナツは銀砂が去る時、引き留めなかった。そしていつでも戻ってきて構わないと、この森に立ち入る事を許したのである。

その時にナツが描いた地図を、偶然伯母《おば》が発見したのだ。

「私が怖ければ、記憶を消して君を帰そう」

「そんなの嫌だ！」

叫ぶように言って、奏が両手で銀砂の頬を包む。

「やっとギンちゃんに……銀砂に会えたのに！」

彼の黒い瞳からは、ぽろぽろと涙が零れ始めた。

「銀砂、ほんと、昔から全然変わってない。大人しくて、すみっこで静かにしてたギンちゃん。親戚の子達に何言われても黙ってるから、僕が守らなくちゃって思ったんだ」

『ギン』を認識し、会話をするのはナツの直系を除いては殆どが子供達だった。子供は純粋である意味残酷で、明らかに『異質』なギンに過剰反応をして虐《いじ》める者もいた。

銀砂は子供のする事と気にもしていなかったけれど、寄り添ってくれた奏の存在はとても嬉しかったのを覚えている。

「今でも私を、守ってくれるのか？」

「僕じゃ、頼りないかな」

不安げに見上げてくる奏の手を取り、指先に口づける。

「――君が必要だ」

弱く守るべき人間である筈の奏に抱き締められると、心が穏やかになった。長の責務や意味を見いだせない数々の掟や重圧のことも何もかも忘れていられたと、銀砂は素直な気持ちを口にする。

「木蓮の木の下で、君が私と結婚したいと言ってくれて――とても嬉しかったんだよ」

「あれは、だから……子供の遊びで……」

真っ赤になって慌てる奏が愛らしくて、銀砂はちょっとした意地悪を仕掛けた。

「嘘だったのかい？」

問い掛けに返されたのは、銀砂が予想したどんな答えとも違っていた。

「当時は結婚の意味だってよく分かってなかったけど、銀砂を好きなのは本当だよ。そりゃギンちゃんが結婚してたら言うつもりなんてなかったけどさ。えっとややこしいけど、僕の初恋は銀砂で、今でも好きです」

大真面目に説明する奏に、少しでも悪戯心《いたずらごころ》を向けた自分を反省する。

――奏は真っ直《まっす》ぐな心根の人間だ。このまま攫ってしまいたい。しかし……

「どうしたの、銀砂」

「私はあやかしだ。いくら里のしきたりを変えたとしても、人間からは恐れられる存在だと理解している。正式に娶《めと》るのは諦めていた」

しかし奏から来てくれた事で、事情は変わっている。

「嬉しかった」

「僕も、銀砂が諦めないでいてくれて嬉しいよ」

無邪気に微笑む奏に、銀砂は戸惑いを覚えた。自分がウサギのあやかしで、恐ろしい力を持つ玉兎の長と知っても、奏は好意を寄せてくれている。

だがまだ彼には、伝えなくてはならない秘密があった。奏が自分と共に居ると言ってくれた以上、確実に直面する問題だけれど、どう伝えたらいいのかは分からない。

逡巡《しゅんじゅん》する銀砂に何かを察したのか、奏が重ねた手を握り返す。

「全部話して大丈夫だよ。家族からよく『ぼんやりして深く考えない性格だ』って言われるくらい、あんまりショックとか受けない方だから。それに銀砂の事なら、何だって大丈夫」

自信満々に言う奏に銀砂は苦笑する。

褒《ほ》めていいのかどうなのか微妙な内容だが、奏はそれを長所だと信じている。

――この穏やかで鷹揚《おうよう》な性格に奔放さを足せば、そのままナツになるな。

やはり奏は、ナツの子孫の中でも一番彼女の気質を継いでいると改めて感じた。

「……私は里の改革はしたが、長としての務めだけは放り出せない。代々の長がしてきた通り、子孫を残すためだけに妻を娶り力を継承させる」

それは酷く虚《むな》しい行為だ。これまでも銀砂は、里の者が用意した相手と床を共にしたことが数限りなくあった。しかし相手が銀砂に誠実な好意を寄せていることはなく、皆、快楽や地位を欲しているのは明かだった。

つまらない欲に溺れ、ついでのように子を作りたくなかった銀砂は己の力を使い、これまで一度も相手を孕《はら》ませはしなかった。

「ウサギの習性で、場が整えば子作りの営みは避けられない。一夜の戯れは、我々にとって食事のようなものなんだよ。人間の倫理の範疇では理解できない事だろうけれど……だから奏が、私を蔑んでも仕方な……」

途中まで黙って耳を傾けていた奏が、銀砂の口を指で押さえて優しく微笑んだ。

「それ以上は言ったら駄目だよ。銀砂は悪くないんだから。ずっと一人で抱えて、大変だったね」

これまで立場を羨《うらや》まれたり崇《あが》められた事はあっても、辛い気持ちを分かってくれた相手はいなかった。

銀砂は益々、奏を愛おしく想う。

「僕は富の力とかよく分からないけど、できる事があるならなんでもするよ。だからもう一人で苦しまないで」

富を司る力に惑わされないだけでなく、自由に振る舞えない銀砂の気持ちを思い遣《や》る心遣いに銀砂は生まれて初めて涙を流した。

「――奏、私の妻になってほしい」

「僕でよければ」

迷うことなく返された答えに、銀砂は腕の中の愛し子を強く抱き締める。

「銀砂……」

甘い響きの混ざる呼び声が、銀砂の耳を擽《くすぐ》る。再び貪ってしまいたい欲に駆られたが、薬草を使っての激しい交わりの直後だ。自分はともかく、人である奏の負担は激しい。

本人は気怠《けだる》い程度にしか感じていないようだが、小一時間もすれば強い負荷が心身を蝕み始めるだろう。

それ程までに、己の力はすさまじいのだ。

「奏、今日はもう休もう。君をこれ以上、疲弊させたくない」

「うん……分かった」

大人しく頷く奏に気付かれぬよう、深い眠りへ誘う呪文《じゅもん》を呟《つぶや》く。加護をかけた眠りは、回復を早めるのだ。

ものの数秒で寝息を立て始めた奏を抱いて、銀砂は自室へと向かった。


その日から、奏は銀砂の部屋で過ごすことになった。

「銀砂、お茶が入ったよ」

「ありがとう」

昼は玉兎の里から送られて来る書類に目を通し、何事かを書き付けてから判を押す。内容はさっぱり分からないから、奏には手伝うことができない。

筆を置き、奏の入れた湯飲みに手を伸ばす銀砂に、羊羹の載った皿をそっと差し出す。

昨日まではギクシャクしていたのが嘘のような、穏やかな時間が過ぎる。

あれから伊良達、特に羽仁には銀砂が厳しくお説教をしたけれど、『結果オーライ』と言うことで奏が取りなし、良好な関係に戻っていた。

「この栗羊羹、羽仁君が買ってきてくれたんだよ。今夜は歩兵君が山菜の炊き込みご飯を作るって、張り切ってた」

「それは楽しみだね。ああ、この書類はおやつが終わったら伊良に届けてくれるかい」

「はい」

長年連れ添った仲睦《なかむつ》まじい夫婦のように、二人は会話を交わす。

庭に面した障子は常に開け放たれていて、真っ白い木蓮の花が風に揺れている。

「夢みたい」

「夢ではないよ」

「っ……銀砂」

不意打ちで抱き寄せられ、触れるだけの口づけを受ける。毎晩床を共にしているが、肌を重ねることはしていない。

どうやら湯殿で使われた薬が相当に強いものだったらしく、薬効が切れるまでは交わりを控えた方がいいという銀砂の判断があった。

けれどこうして触れ合っているだけでも、互いの愛情は満たされていく。むしろ、愛情のみで交わる時を思っての少しばかり淫らな期待が、この焦れったい時間さえ楽しいものに変えてくれるのだ。

「気になってたんだけど、この手紙って何なの？」

銀砂に寄りかかり、その手元を覗く。ちらと見ても、余りに達筆すぎて奏には全く読めない。

「これは長としての仕事の一つだよ。里の揉《も》め事を解決したり、願い事の成就や領地の取り決め。内容は様々だ。いずれは若いウサギ達に里の新しい決まりを覚えて貰って、仕事を割り振るつもりだよ」

墨の乾いた和紙に、翡翠《ひすい》の印を押す銀砂はまるで会社の社長のようだ。

――人間の仕事と似てる。

「無理はしないでね」

「勿論だよ。奏との時間を最優先する……奏が心配することは何もない」

寄り添う二人を、物陰から伊良達が微笑ましく見守っている。

しかし穏やかな時間は、長くは続かなかった。

「ごめんください」

昼餉《ひるげ》を終えた直後、玄関から聞こえてきた声に奏は突然現実へと引き戻された。この数日、奏は自分がこの屋敷へ来た目的や家族の存在をすっかり忘れていたのだ。

「蒼太《そうた》！」

「兄ちゃん」

玄関に出てみれば、そこには二歳下の弟と見知らぬウサギのあやかしが立っていたのである。

後から来た銀砂が、怪訝そうに茶色のウサギの名を呼ぶ。

「月草《つきくさ》君、何故君がここに？」

銀砂と同じく、彼も耳以外は完全に人間の姿だ。それも、かなり美形の部類に入る。肩口で揃えられた茶色の髪に、同色の耳。歳は二十歳《はたち》くらいだろうか。大きな黒い瞳が特徴の、清楚《せいそ》な青年だ。

汗をびっしょりかいている蒼太とは反対に、着物をきっちりと着込み僅かの乱れもなく涼しげに佇《たたず》んでいる。

「お久しぶりです銀砂様」

優雅にお辞儀する月草は、顔を上げると奏をちらと見る。

「伴侶候補とは、この人の子ですか？　生け贄の間違いでは？」

「おい、兄ちゃんが生け贄ってどういうことだよ！　聞いてないぞ！」

「聞かれなかったので答えませんでした」

しれっと応じている月草に、蒼太が摑み掛かる。しかし月草は、優雅な動きでひらりと避《よ》けた。

「やっぱお前みたいな化け物、信用するんじゃなかった」

「けれど僕と一緒でなければ、この屋敷には入れないどころか見つけることもできなかったでしょうね」

「どういうこと？　説明してよ蒼太」

「兄ちゃんがいなくなって親戚中で捜索して、見つからなくて……もう警察に届けるしかないって話になったんだけど兄ちゃんのことだから、山のどこかでのんびりしてるんじゃないかって思ってさ。それで俺が代表して捜しに来たんだよ。電話もメールもないし、みんな心配してたんだぞ」

「あ……ごめん。ここ、電波が届かないいんだ」

「嘘だろ。だって山の近くに国道あるし……本当だ」

ポケットからスマホを出した蒼太が、圏外表示を見て首を傾げる。

冷静に考えれば、騒ぎになって当然だ。

本家からは二人で出かけたのに、帰宅したのは伯父《おじ》だけ。その後、奏から何の連絡もないのなら、事件か事故にあったと考えられても仕方ない。

「本当は警察に任せないと駄目なんだろうけど、みんなの様子も変だったし……とにかくまずは兄ちゃんを捜そうと思って裏山に入ったら、こいつと会ったんだよ」

こいつ、と言って指さしたのが月草だった。

「昔からちょっとおっとりし過ぎてるって思ってはいたけど、まさかウサギの化け物と一緒にいるなんて……父さん達に、何て説明すりゃいいんだよ。この月草ってのも怪しいし」

「こら、化け物だなんて失礼だぞ。銀砂は立派なウサギのあやかしなんだから。それに親切に案内してくれた月草さんにも謝って」

「でも」

「でもじゃない。それと、彼が『ギンちゃん』だから」

ぴしゃりと叱ると、蒼太は渋々と言った感じではあったが、銀砂と月草に向かい頭を下げる。

「失礼な事言って、すみませんでした。って、え……コイツがあのギンちゃん⁉」

「込み入った事情があって、化けていたんです。また後で説明しますから、どうぞ上がって下さい」

　失礼な態度を取ったにも拘わらず、穏やかに対応する銀砂に蒼太も多少は落ちついたようだ。

　しかし銀砂は、月草に向き直ると表情を変える。

「君は蒼太君に何を言った？　騙したり、術をかけたりしていないだろうね？」

「してませんよ」

　睨《にら》まれても平然としている月草は、片手を口元に当ててころころと笑う。

「僕が案内しなければ、目的地には辿《たど》り着けませんよ。と、教えただけです。それに術など施さなくても、掌で転がす程度は簡単ですし」

「俺、バカにされてる？」

「いいえ。兄弟揃って心根が素直だと、感心しているだけです」

　含みのある言い方に、奏は内心首を傾げた。

　その横で不愉快そうに眉を顰めた銀砂が口を開くが、言葉を発する前に庭の方から羽仁が駆けてくる。その後を追うように、伊良と歩兵が続く。

「あーっ、月草様だ！　月草様、香り袋の効き目は上々でした！　奏様も気に入ったよな？」

「何のこと？」

　問い掛けてくる羽仁の言う意味が分からず、奏は小首を傾げる。

「風呂に入れた香り袋。あれ、月草様が調合したんだぜ。良い香りの媚薬《びやく》だったろ」

「やっぱり！　羽仁の小遣いで買える物ではないと思っていましたけど。迂闊《うかつ》でした。申し訳ありません奏様、銀砂様」

話を聞いて真っ青になったのは、伊良だ。

様子からして知らなかったのは確実だが、まとめ役としての責任を感じているらしい。

「伊良君が謝る事じゃないよ。それにあれが切っ掛けで、誤解も解けたし、気にしないで」

「奏様……」

瞳を潤ませ頭を下げる伊良を叱るなんてとてもできない。

ただ問題は、銀砂と月草の間に生じたようだった。

「月草君、羽仁。君達は自分のした事を分かっているのか」

「ええ、分かっていますとも。羽仁は銀砂様の為を思えばこそ、僕に依頼をしてきたのですし。僕は『贄』が務めを果たせるようにお手伝いをしたまでです。その様子ですと、問題なく効いたみたいですね」

悪びれもしない月草は、会話の意味が分からずぽかんとしている蒼太に視線を向けた。

「こちらの人間も『餌《えさ》』としては合格です。兄弟を薬で嬲《なぶ》ってから、食すということでよいのですよね？」

「餌ってなんだよ！　勝手に喰《く》うとか決めるな！」

「そのままの意味ですよ。第一この屋敷に立ち入った時点で、人間に抗う余地はありません。我々の本性はウサギですが、あやかしという事をお忘れなく」

真顔で詰め寄る月草に、蒼太も異様な雰囲気を察して押し黙った。

「それに僕は、銀砂様の許嫁《いいなずけ》でした。『餌』を決める権限程度なら、今でも与えられております。何より僕は、掟に従い長老達の命で参ったのです」

――え……許嫁？

続く言葉に、奏は改めて月草を見た。

明るい小紋柄《こもんがら》の着物を纏い、鮮やかな女性用の帯を締めている月草はいかにも和風美人といった雰囲気だ。

銀砂とはまた違う美貌《びぼう》を持つ彼なら、並び立っても見劣りなどしない。むしろ奏よりも、伴侶として相応《ふさわ》しいとさえ思う。

「まだそんな馬鹿げた事を言っているのか？　私は自分の番は自分で決めると言った筈だぞ。里へ戻れ」

珍しく声を荒らげる銀砂の袖を引き、奏は月草に声をかけた。

「銀砂、落ちついて。月草さん、『掟』って何ですか？」

「ありがとうございます。そちらの方のほうが、話が通じるようで助かりました。僕は早く銀砂様と子作りをするよう、長老達に命じられて参りました」

表情を変えず淡々と話す月草に、奏は無意識に俯いてしまう。

「貴方に再会して、銀砂様は変わってしまわれました。一族はあなたが『贄』ならば、喰われる前に伴侶の交わりを一度は認めようと決めたのですが……そのお話をした途端、銀砂様は酷くお怒りになられて、この子ウサギ達以外、屋敷への出入りを禁じたのです」

「そうなの、銀砂？」

問うても銀砂は答えない。里の改革が難しいと言っていたが、月草の言動を聞き改めて奏も分かった気がした。

「貴方の寿命が尽きるまでは待つ、ということで話はついていたのですが、業《ごう》を煮やした一部の長老達が、せめて先に子だけでも作れとお怒りでして。それで元許嫁の僕が参りました。結界を破るのに長老達の術だけでは不安がありましたけど、この蒼太さんの気のお蔭ですり抜けられました」

「黙りなさい、月草君」

「事実をお伝えすることも、僕の仕事の一つです」

一部の強硬派が月草に命じたというのは奏も理解したが、それだけ里のウサギたちは銀砂の子を心待ちにしているのだ。

「僕に不満があれば、別の者が子種を頂きに来るだけです。銀砂様が子は生したくないと仰られるのは自由ですが、種を貰えず里へ戻れば僕の一家が罰を受けます」

「そのような決まりは廃止した筈だ。君との婚約も、とうに解消している」

「僕は事実を述べただけです」

眉を顰める銀砂に、奏も月草の言葉が嘘でないと知りぞっとした。

突然『許嫁』と名乗られて、驚いたのは本当だ。正直嫉妬心に近い感情も持ったけれど、彼の立場を思うと困惑してしまう。

「奏さん」

「はい」

名を呼ばれて、奏は月草と向き合った。鋭い眼差しが、奏を射るように見つめてくる。

「我らの一族は『子孫繁栄』を第一に考える血族、特に長は多く子を作るのが何よりの務めなのです。相手は雄でも雌でも関係ないのですが……ただ人や異種族相手ですと、寿命や生命力の関係で非常に子を生しにくいという欠点があります。そこで基本同族が番になるのです」

銀砂は里の改革をしたと話してくれたけど、彼等の根源は『子孫繁栄』にあるのだ。

理不尽な婚姻制度や『贄』のシステムを廃止できても、肝心の子孫が増えなければウサギたちにとって意味がない。

「……ごめんなさい」

「謝ってほしい訳ではありません。奏さん、貴方は責任を取れますか？　銀砂様との子を生して、玉兎の里の繁栄に貢献する。それが伴侶の務めですが、ご自分にできると断言できますか？」

月草の言うとおり、銀砂が自分を妻にしたいと思っている以上、里に繁栄が望めないのは明白だ。

「黙りなさい、月草！」

事の重大さを突きつけられて青ざめる奏を庇《かば》うように、銀砂が奏の肩を抱く。その逞《たくま》しい腕に縋ってしまいたいけど、今の自分にそれが許されるのかどうかさえ分からない。

気まずい空気の中、元凶である月草が全く緊張感を欠いた欠伸《あくび》をする。

「はぁ……お喋《しゃべ》りしすぎました。疲れたので、僕は昼寝をします。羽仁、部屋の用意を頼みます」

「はい！」

屋敷の中へ入っていく月草に、名を呼ばれた羽仁が従う。不安げに奏を見たが、気休めでも笑顔を返せる余裕がない。

残された伊良と歩兵も、不安そうだ。

「何なんだよあいつ。嫌な感じ」

月草と羽仁の姿が屋敷の奥に消え、我に返った蒼太が不機嫌そうに毒づく。

「兄ちゃんも嫌だったら言い返せよ。なんだったら、俺が追いかけて殴ってやろうか？」

「余計な事は、しちゃ駄目だよ。蒼太」

止めなければ本気で殴りに行きそうだったので、奏は言葉少なに弟を宥《なだ》めた。そんな奏に代わり、銀砂が改めて頭を下げた。

「改めてご挨拶《あいさつ》致します。この屋敷の主人で、ナツさんの絵のモデルを務めていました銀砂と申します。——醜態を晒して、申し訳ない」

「ばあちゃんのモデル……あーっ、やっぱりギンちゃんなのか！　ちっちゃい頃からなんかおかしいと思ってたんだよ」

ぼんやりとした記憶が蘇ったのか、蒼太はすぐに察したようで頷いている。

「もう日も落ちるから、君も泊まって下さい。そして奏のことは、私に預けてくれないか」

「兄ちゃんを神隠しにしたヤツを、信じろって言うのかよ。それにアイツ——月草も泊まるんだろ」

「蒼太、僕は大丈夫だから。それに銀砂は、僕達を食べたりしないよ」

「……分かった。でも変な事されたらすぐに呼べよ」

銀砂に全幅の信頼を寄せる兄に対して、蒼太は渋々といった様子で頷く。

「歩兵。蒼太君のお世話を頼むよ」

「畏まりました。蒼太様、こちらへどうぞ」

「黒ウサギ……やばい、俺もふもふに弱いんだよなぁ」

とてとてと近寄ってきた歩兵が気に入ったのか、蒼太が複雑な表情で頭を撫でる。二本脚で歩いているが姿形はウサギなので、もふもふ好きには堪《たま》らないのは奏にも理解できた。

「歩兵君。蒼太はちょっと口が悪いけどいい子だから、よろしくね」

「はい。奏様の弟君ですから、誠心誠意おもてなしを致します」

桜の耳飾りを揺らして、歩兵がぺこりとお辞儀をした。

玄関先での口論の後、月草が客間から出て来ることはなかった。夕餉も彼一人だけ、羽仁に部屋へ運ばせ済ませている。

気まずい状況の中、蒼太が戸惑いながらも伊良と歩兵に打ち解けて、夕餉の時には何やら楽しげに話し込んでいたのが救いだ。

――月草さんが、銀砂の許嫁……だった。

湯浴みを終えた奏は、銀砂の待つ部屋に戻ったものの何を話せばよいのか分からず気まずい沈黙が続いている。

銀砂の立場やこれまでの里の掟を考えれば、許嫁が居て当然だ。

里の改革はしたけれど、長の銀砂はその強い力を捨てられないし、玉兎の一族として『子孫繁栄』に励むのは尤《もっと》もだと奏も思う。

長である銀砂の命を無視してまで月草を送り込むくらいには、里のウサギ達は危機感を覚えているのだ。

奏は文机《ふづくえ》に向かう銀砂の傍に座り、できるだけ冷静に切り出した。

「ねえ、銀砂。僕は家に帰ろうと思う……今まで迷惑かけてごめんなさい」

「奏。先程も言ったが、月草君との婚約は里の長老会議で勝手に決められた事だ。互いに好いていた訳でもないし、両家の間で婚約解消も滞りなく済んでいる。君が気にすることは何もないんだよ」

不安に思う気持ちを受け止めた上で、優しく諭してくれる銀砂に奏は首を横に振る。

「心の伴わない行為で子供を作るの、銀砂が嫌だって知ってるよ。でも……里の長としての仕事を果たしたいと思うなら、僕を妻にしたらだめだよ」

「私には、奏だけだ」

「その言葉だけで、嬉しい。でもさ、僕だって銀砂と離れたくないから、バカみたいなお願いするんだけどいい？」

「君の願いなら、何でも叶えよう」

膝の上に抱き上げられ、奏は銀砂の肩口に顔を埋めた。

「もしも長老さん達が許してくれるなら、僕がこのお屋敷に通うよ。ええとお妾《めかけ》さん、ていうんだっけ。それなら、大丈夫じゃないかな」

「妻にそんな真似をさせる訳にはいかない」

涙を零す奏を、銀砂が強く抱き締めてくれる。大切に想ってくれていると分かるからこそ、自分は銀砂の枷《かせ》になってはならないと感じる。

「でも……」

意を決して銀砂の優しさを手放そうとしたけれど、嗚咽《おえつ》でなかなか言葉が紡げない。子供のように泣きじゃくる奏を、銀砂は咎めもせずにいてくれる。

必死の思いで妾だって何だって構わないと告げようとしたその時、部屋と廊下を隔てていた襖が軋《きし》み枠から外れた。そして伊良を筆頭に、三羽と蒼太がなだれ込んでくる。

「いてて……」

「すみません、蒼太様」

「あらあら」

涼しげな顔をした月草が子ウサギ達の下敷きになっている蒼太を飛び越え、笑いながら奏の傍に座った。

「お前達、どうした。蒼太君と月草君まで一体……」

「奏様、夕餉の時から顔色が悪かったから心配で」

「銀砂様の奥様は、奏様だけだ」

「奏様が妾なんて、絶対に嫌です」

口々に言う三羽の勢いに押され、奏は呆気《あっけ》にとられる。

ただ蒼太だけは状況が飲み込めないようで、おろおろとするばかりだ。そんな中、唯一落ちついている月草がさりげなく奏に近づいて、銀砂の膝から自分の方へ抱き寄せてしまう。

余りに自然なその動作に、奏も為すがままだ。

「銀砂様、可愛らしい奥様を泣かせてはいけませんよ」

「お前が原因なんだろう？　自覚しろよ」

睨む蒼太に微笑みを返す月草の意図が分からず、奏は涙を拭くと背中から抱き込んでいる美しいウサギを見上げた。

「あの……月草さんにとって、僕って邪魔なんじゃないですか」

「何故？　こんなに愛らしい奏さんを、邪魔にする理由がありません」

体格は同じくらいなのに、抜け出そうとしても簡単に押さえ込まれてしまう。銀砂が取り返そうとしても、座っているのに月草はのらくらと上手く躱《かわ》し奏は身動きが取れない。

「落ちついて下さい、ご両人。僕は長老達の言葉を伝えに来ただけで、彼等の意向に従うとは言っていませんよ」

「え？」

「だったら何故来たんだ」

「僕は羽仁に渡した薬が効いたのか、この目で確かめに来たのです。予想以上の効果があったようですね」

嬉しそうに目を細める月草からは、甘い香りが漂う。

「僕の家は、代々薬師をしておりまして。今回の事で、僕の調合した薬が効くと証明されましたし、『長の交尾に使われた』と良い宣伝になります。薬師として認められれば十分ですので、長と子を生さずとも家の名に傷はつきません」

「家族は大丈夫なの？」

奏の問い掛けに、何故か月草はびっくりした様子で目を見開く。

「気にかけて下さるのですか。随分とまあお人好しな……家の者を盾にされているのは事実ですので、里に残るには銀砂様に口添え頂く必要はあります。ですがいざとなれば、一家で里を出ようと取り決めて参りました」

何よりウサギ同士でも、相性が悪ければ子は出来ない。それでも一家ごと咎めを受けるのだと、理不尽な掟の説明を続ける。

「そんな馬鹿げた決まりのある里は、こっちから出て行ってやると。一家で意見が一致しました。銀砂様が廃止を言い渡したとはいえ、まだ古いしきたりに拘《こだわ》るウサギは多いですし」

「そういうことだったのか」

「それにしても……冨の力に誘惑された人間かと思っていたら、まあ可愛らしいこと。魂も純粋で、銀砂様が魅了されるのもよく分かります」

「え、え？」

頬を撫でる月草に、奏は慌てた。まるで愛撫するように目尻《めじり》を擽り、残っていた涙を指先ですくい取ると口へと運ぶ。

「やっぱり、類稀《たぐいまれ》なる涙です。奏さんの涙は一滴だけでも、よい薬が作れますよ」

「えっえ？」

「唾液《だえき》や精液なら、金銀や玉《ぎょく》と同等。それ以上の価値がありますね」

浴衣の合わせ目からするりと手が入り込み、奏の太股を撫でる。

「あっ」

「本当にお可愛らしい。どうです、今夜は僕の部屋に来ませんか？　精液を頂ければ、夫を誘惑する薬を差し上げますよ」

「奏にかまうな。もう離しなさい」

流石に黙っていられなくなった銀砂が咎めるけれど、月草は気にする様子もない。それどころか、皆の見ている前で奏の項に顔を寄せる。

「この香り……まだ数えるほどしか務めを果たしていませんね。でも随分と銀砂様に馴染んでいるご様子。これなら申し分ありません」

「務めって？」

「交尾です。奏さんは、あやかしの精に染められやすい体質なのでしょう。銀砂様ほどの方と一年ほど交われば、人間の奏様でも子を生せましょう」

あからさまな言葉で説明され、奏はいたたまれない気持ちになった。

「どうしてそれを先に言ってくれなかったんですか、月草様。私たちはとても心配したんですよ」

恨めしげな伊良に、月草がころころと笑う。

「恋路を手助けする場合、少し焦らした方が感動が増して絆《きずな》が強くなるんです。幸せなお膳立てばかりが良いとは限りません。臨機応変に対応すること。伊良、羽仁、歩兵よく覚えておきなさい」

「「はーい」」

一方蒼太は、やっと全てを理解したらしく、真っ青になっている。

「兄ちゃん……その銀砂って化け物と、結婚すんの？」

「化け物じゃないよ。あやかし」

「まあまあ。人間からすれば、似たようなものでしょう」

「いい加減にしなさい、月草君」

強引に銀砂が奏の体を抱いて、月草から引き離す。一瞬の隙《すき》を突かれた月草は不満げに肩を竦める。

そしてわざとらしく、声を張り上げた。

「ああ、忘れてました。奏さんと蒼太さんの本家が騒がしいらしいですよ。蒼太さんは本家の騒動を伝えにいらしたのでは？」

「そうだった！　祖父《じい》ちゃん達が突然、ギンちゃんを呼び寄せて、芸能界デビューさせようとか言い始めて大変なんだよ！　描きかけの絵も高値が付くとかどうとか説明されたけど、訳わかんなくてさ」

突拍子もない内容についてゆけず、奏は首を傾げた。

そもそも奏以外の親族は、ギンに関しての記憶がほぼなかった筈だ。存在を思い出したのも最近の事で、奏と伯父がギンを捜しに来たのも形見分けの話をする為だ。

「形見分けの話はどうなったの？」

「俺も父さん達からそう聞いてたんだけど、兄ちゃんが居なくなってから急に変な事言い出したらしい。俺が代表してここに来たのは兄ちゃんを捜すのが第一だったけど、警察へ届ける前にみんなで山狩りするって騒ぎになったからなんだよ。いくら小さい山でも、祖父さん達が怪我でもしたら大変だろ」

奏が屋敷に滞在を始めて、一週間近くが過ぎている。失踪騒ぎに発展してもおかしくないのは分かるけれど、金銭的に困っている訳でもないのに、何故形見分けからお金絡みの話に変わってしまったのか理由が思い当たらない。

何よりまだ高校生の蒼太にまで、金銭の話をしたというのも理解に苦しむ。

勝手に話が進められているのもおかしいが、そもそも祖父達はそんな下世話な事を言い出す性格ではない。

「胡散臭《うさんくさ》い自称『美術商』を連れてきて、鑑定させてさ。下絵でも売れるって分かってから、みんな変わっちゃったんだよ」

「あれはみんなで分けるって決めた筈じゃなかった？」

ナツの作品は、遺言で『指定した作品以外は、世に出してはならない』と決められていた。殆どは美術館に寄贈され、財産分与もとうに終わっている。

「それだけじゃないよ。ナツおばあちゃんの落書き、ネットオークションに出すからネットのやりかた教えろってせっつかれてたんだぜ。目をギラギラさせて完全に人相変わってた。正直、兄ちゃんがギンちゃん連れて戻る前に、祖父ちゃん達に見つかったらやばそうだから逃げろって言うつもりだったんだけど……」

ちらと銀砂を見て、蒼太が溜息を吐く。

「ギンちゃんはコイツが化けた姿なんだよな？　けど銀砂さんも綺麗だから、祖父ちゃん達ターゲット変える可能性はあるか。どっちにしろ、逃げた方がいいと思う」

「いや、その必要はないよ。それよりも、ナツの子孫が心配だ」

「どうして？　銀砂」

「恐らくだけれど、術が解けかけている可能性が高いからね。放置すれば、余計酷くなる。私の力は、説明した通り『冨を司る力』だ。ナツの画力は素晴らしくて、私の力まで無意識に絵に吹き込んでしまった。奏の親族は、その解放された力に魅入られてしまったのだろう」

出来上がった絵の素晴らしさに感動した銀砂は、発表する作品に込められた『冨を司る力』を封じたのだと続ける。

しかし下絵や描き損じは破棄する約束だったので、家人に見られても問題にならない程度の緩い封術しかかけなかったのだ。

ただ銀砂もナツ自身も、『描き損じを捨て忘れる』という可能性に思い至らなかった。単純なミスだが、結果として重大な危機を招いてしまっている。

「恐らく描き損じが見つかったのも、私の封術が弱くなったせいだろう。あれは一時的なものだからね。私が万が一の事を考えて、本家を監視していれば良かったのだが」

「銀砂のせいじゃないよ。捨てるの忘れたのだって、誰にでもある事だしさ。でもそのお蔭《かげ》で、僕は銀砂に会えたから……結果として、良かったんじゃないかな」

偶然祖母が描き損じを見つけなければ、こうして銀砂の屋敷を訪ねることもなかっただろう。

「二人の世界に浸るのは、後にして下さいね。まずは問題の絵をどうするか、考えましょう」

場を引っかき回した張本人である月草が、大真面目に言って手を叩く。

我に返った奏は銀砂の膝から降りると、皆を集めて対策の協議に入った。

翌朝、奏は蒼太と共に親戚を説得するために山を下りる事にした。久しぶりに洋服に袖を通し、獣道をかき分けて本家を目指す。

「大丈夫かな」

「あんまり酷いようなら、銀砂も途中から来てくれるって言ってたし。でもまずは、僕が説得するよ」

いくら術のせいとはいえ、まずは身内で解決できないかと奏は提案したのだ。銀砂は渋ったが、最終的には奏の説得に頷いてくれた。

――きっと、たちの悪い業者に騙されてるんだ。

元々那波《ななみ》家の人間は奏ほどではないにしろ、基本的にのんびりした気質なので、金銭関係で揉めたことはない。ナツの遺産も、弁護士の指示通りに分配されたと両親から聞いている。

しかしそんな予想は、本家の門を潜《くぐ》った時点で改めざるを得なくなる。

「奏君！　蒼太君も、どこに行ってたんだ！」

「秀幸《ひでゆき》伯父さん、心配かけてごめんなさい。あの森の家だけど……」

「詳しい話は中でしよう。聞きたい事は沢山あるんだ。美術商の方や、芸能事務所の人も来てるんだぞ。おいみんな！　奏君が戻ったぞ！」

笑顔の伯父に出迎えられたが、どうにも様子がおかしい。

連絡もせずにいたのだからてっきり叱られると思ったが、伯父は満面の笑みで広間に行くよう促す。

その目は何かに取り憑かれているように瞳孔が開いて、笑顔も貼り付けられたお面のようだ。

「どうしちゃったの？」

こそりと蒼太に尋ねると、蒼太が肩を竦める。

「みんなこんな感じなんだよ。っていうか、俺が出てきたときよりも酷くなってる。なんかヤバイって意味、分かっただろ？」

「父さん達も？」

「俺が兄ちゃんを迎えに出たときは、まだまともだった。でも今はどうなってるか分からない。変な事言い出すかもしれないけど、びびるなよ」

広間には親戚達が集まり始め、誰かが呼んだらしい見慣れぬスーツ姿の男達も居た。

「あっちのが芸能なんたらの人。向こうは、ばあちゃんの絵を買い取りたいって言ってきた人」

ぽかんとしていると、親族達は奏を座らせると周囲を取り囲み、口々にギンの行方《ゆくえ》を尋ねてきた。

「奏君、秀幸兄さんから聞いたけど、ギンちゃんのお宅に泊まってたんだって？　あの子は一緒じゃないのか？」

「私達もあれから裏山に行ったのだけど、どうしてか見つけられなくてね。でも帰ってきてくれて良かったわ。早くギンちゃんのところへ案内して頂戴《ちょうだい》」

「ちょっと待って下さい。あの、父と母は？」

両親の姿が見えないのを不安に思い伯父達に尋ねると、意外な答えが返された。

「ああ、二人なら今朝方急に気分が悪いと言って、駅前のホテルに行ってしまってね。ここじゃ騒がしいから、体調が落ちついたら戻って来るそうだ」

奏は蒼太と顔を見合わせ、小声で確認する。

「やっぱり、うちの家族だけ大丈夫なんだ」

「俺もなんともないし。もしかして、ばあちゃんが守ってくれてるのかな」

ともあれ、この場を自分達で切り抜けなくてはならないと気付き、奏は気を引き締める。

荒事は苦手だが、弟を矢面に立たせるつもりはなかった。

「お屋敷に泊まりましたけど、あそこにギンちゃんはもういませんでした。彼女は遠方に嫁いだそうです。ですから、芸能界デビューなんて勧めるのは諦めて下さい」

「そんな馬鹿な。……そうだ、ならあの家にはギンの親戚が住んでるんだろう？　その子達でも構わないよ。ギンの血筋なら、男でも女でも美人に決まっている」

「蒼太君も見てきたんだろう？　アイドルで売れそうな歳《とし》の子はいたか、教えてくれないか？」

「蒼太は関係ありません」

毅然《きぜん》とした態度で蒼太を庇うが、親族達の追及は止まらない。

次第に彼等の目はつり上がり、人とは思えない顔つきで二人に詰め寄る。口調も荒く、まるで鬼に囲まれているような気持ちになってくる。

「隠し事があるだろう。正直に言え！」

「お前達だけ、金儲《かねもう》けするつもりだな？」

「縛り上げて全部吐かせろ！」

普段穏やかな親戚達とは思えない粗野な口調に、奏は蒼太だけでも逃がそうと周囲を見回すけれど、親戚と弟子に囲まれて身動きが取れない。

——全然聞いてくれない。どうしたら……。

このままでは暴力を振るいかねない親戚達にどう対応すればいいのか困惑していると、突然屋敷全体が大きく揺れた。

「地震か？」

誰かが叫んだけれど、揺れたのは一度きりで家具が倒れる音もしない。

何事かとざわつく親族達だが、庭から吹き付けた冷たい風に全員が顔を伏せた。

「……銀砂」

「遅くなってすまない。屋敷の周囲に結界を張ったのだが、久しぶりだったので手間取ってしまってね」

「あれま。見事にみなさん『冨を司る力』に心を奪われていますね」

優雅に耳を揺らしながら、銀砂と月草が広間に上がり込んでくる。ほっとしてその場に崩れそうになる奏を銀砂が支え、そっと抱き上げられた。

「ナツとの約束で、私を描くのは構わないが納得した物だけしか表には出さない。と、取り決めていたからね。約束通り、残りを消しに来た」

笑う銀砂に、親族達は唖然《あぜん》として言葉もない。腰を抜かし、金魚のように口をぱくぱくとさせている。

銀砂が片手を上げると、仕舞い込まれていた描き損じがどこからともなく集まってくる。

「形見分けができないのは残念ですが、これはナツの意志なのでご理解下さい」

厳かに告げると、銀砂が宙を舞う紙に息を吹きかける。

「わぁ……」

するとそれらは一瞬にして木蓮の花びらに変わり、床に落ちるとまるで雪のように消えてしまった。

愕然《がくぜん》とする大人達を一瞥《いちべつ》し、銀砂は踵《きびす》を返す。

「これで私とナツの縁は切れました。楽しい時間を共有してくれた友よ、安らかに眠りなさい」

静かに呟く銀砂の周囲に、楽しげな笑い声が響く。それは奏にも聞こえた。

「ナツおばあちゃんの声だ」

「彼女もこれで、安心したでしょう」

いつの間にか日は傾いており、まだ動けずにいる親族達を夕日が照らしていた。

＊＊＊＊＊＊＊＊

「えっと、あの銀砂……下ろしてほしいんだけど」

「駄目だよ」

木蓮の木の下で、奏は銀砂とささやかな痴話喧嘩を繰り広げていた。

「恥ずかしいんだってば」

「私の意見を無視して、危険な目に遭ったのだから暫くは離しはしない」

口調は丁寧だが、やっていることは周囲の目を憚《はばか》らずいちゃつく恋人と変わりない。

「でも、月草さんが……」

傍に居る月草に視線を向けると、不思議そうに彼が首を傾げた。

「巻き込まないで下さい。若奥様」

「いや、だって……子作りするなら、同じあやかしの月草さんがいいんだよね？」

「もしかして、僕が遠慮していると思ってるんですか？　僕が本気で銀砂様の子種を狙うのなら、率直に奏さんにお願いして精液だけ頂きますよ。それに元々僕は、銀砂様の正妻の座を狙っていた訳ではありませんし」

「好きじゃないの？」

「強い子を産めるという利点だけで考えれば正直惹かれますけど、恋慕の情はありません。第一、正妻になんてなったら、決まり事ばかりで面倒です。全てのウサギが、銀砂様に喜んで脚を開くと、勘違いなさらないで下さい」

手厳しい言葉に、銀砂が苦笑する。

「それより、僕は奏さんに興味がありますねぇ。貴方のような人間の体液は、とても良質な薬になりますし」

「月草君」

「冗談ですよ。長の正妻に手を出すほど、僕は馬鹿ではありません」

庇ってくれる銀砂にほっとしつつも、いつまでも抱かれているのは居心地が悪くて奏はジタバタと暴れて彼の腕から脱出した。

するとすっかり蚊帳《かや》の外だった蒼太が奏の手を取り、銀砂と交互に見る。

「兄ちゃん、大丈夫なのか？　無理矢理結婚の約束させられてるなら、逃げようぜ。ほら、お寺に行ってお祓《はら》いするとか。化け物を追っ払うお札《ふだ》を作るとか、方法はあるんだろ？」

映画や漫画で得た知識を総動員していると分かるけど、真面目に心配する弟を笑うなんてとてもできない。

だから奏は、素直な自分の気持ちを蒼太に伝えた。

「銀砂……ギンちゃんの事はね、ずっと好きだったんだ。プロポーズしたのも僕からで、銀砂はその約束を守ってくれたんだよ。だから銀砂が僕を妻に迎えてくれるなら、僕は受け入れる」

子供の頃の約束を話すと、蒼太はがっくりと項垂《うなだ》れた。

普段ふわふわとした兄が初めて見せた強い意志に、蒼太も応援するしかないと判断したらしい。

「……兄ちゃんがそこまで言うなら仕方ないけど、父さん達はどうするんだよ。あやかしと結婚なんて許す以前に信じないだろ」

「ご両親には、改めてご挨拶に伺うつもりです。ご安心下さい」

丁寧に頭を下げられ、蒼太も言い返せなくなったようだ。

「ともかく、まだご親戚の方達は術の影響が残っているようですし、暫くは僕が薬を出して『ギン』の記憶も消しましょう」

「そこまでする必要、あるのかよ。祖父さん達は驚いて腰を抜かしてるだけだろ」

蒼太が食って掛かると、月草が首を横に振る。

「銀砂様の力に惑わされた人間は、体力も消耗するんですよ。特に病人やご老人は、命に関わります。『冨』は欲に直結しますから、惑わされやすい人間にとっては毒と同じです。銀砂様、羽仁と歩兵も助手としてお借りしてよろしいですか？」

「月草君の言うとおりだ。本来なら私が消すべきだが、ここにはナツの気が多く残りすぎているから影響が出てしまうかもしれない」

それならば、薬師の月草が残って術を消す方が安全なのだと説明され奏も頷く。最終的に月草と蒼太が協力して、親族と屋敷の浄化を行うと決まった。

「お任せしてしまってすみません」

「いいえ。奏さんとは長いお付き合いになりますし。今後ともよしなに」

柔らかい微笑みと共に、月草が銀砂の目を盗むようにして、折りたたんだ和紙を奏の手に握らせた。

「銀砂様と次の伽《とぎ》の前に開けて下さい。とても大切な事が書いてありますので、銀砂様には伽の時まで内密になさって下さい」

「えっ」

「何をしている月草君」

「では失礼いたします」

慌てる奏を尻目に、月草は本家の広間へと戻ってしまう。蒼太も奏を気遣うように見たが、腰を抜かしたまま呻《うめ》いている年寄り連中が気にかかるのか月草の後を追った。

「さて、私達も戻ろう」

「戻るなら、懐中電灯がないと。もう暗いし……？」

ふわりと体が浮いたと思った次の瞬間、奏は銀砂の屋敷の玄関先に立っていた。

「お帰りなさいませ。銀砂様、奏様」

「出迎えご苦労。早速で悪いが、羽仁と歩兵はナツの屋敷へ行って、月草君の仕事を手伝って欲しい。くれぐれも、粗相のないように」

「「はい」」

人間に化けた二羽のウサギは元気よく答えて、すっかり暗くなった獣道を駆け下りていく。

その姿を見送ってから、奏と銀砂は伊良の先導で屋敷に入った。

「何度も聞くけど、本当に僕が相手でいいの？」

夕餉と湯浴みを終えて部屋に戻ると、寝室にはこれまでとは違う大きく分厚い布団が敷かれていた。

それが何を意味するのか分からないほど、奏も馬鹿ではない。真っ赤になって無意識に浴衣の胸元を握りしめると、背後から銀砂が抱き締めてくる。

「私には君だけだよ。木蓮の木の下で告白を受けた日から、ずっと奏だけを想っていた」

銀砂の手が奏の帯を解《ほど》き、浴衣をはだける。

「もし奏が思い出さなければ、正式な妻は持たずにいようと決めていたんだよ。それに、奏が妻になってくれるなら、妾は持たない」

首筋に触れるだけの口づけをしながら、銀砂が甘く囁く。

しかしいくら月草からお墨付きを得ていても、人間である自分とあやかしの銀砂との婚姻は決して祝福されるものではないだろう。

それに自分と銀砂は、男同士だ。

「僕は嬉しいけど、それって長としては困るよね。その……跡取りが必要なら、僕の事は気にしなくていいから」

「奏、君が気にしている事は理解しているつもりだよ。ただ冷静に考えてみてくれないか? 月草君も男で、彼も『相性が悪ければ、同族でも子は出来ない』と言っていたのを覚えているだろう」

「じゃあ、その……」

「相性次第ということなんだよ。私の見立てでは、私と君はとても相性がいい。月草君の香草の薬効が切れても、君の体は私を求めてくれていると匂いで分かるよ」

下腹を撫でられ、腰の奥がじわりと疼く。

「今夜からは交わりの薬を使わずに、君を抱くよ」

「でも、銀砂のおっきいから……んっ」

脚の付け根を愛撫され、奏は息を詰めた。

――あ……っ。これ、濡れてきてる。

後孔の辺りが熱っぽくなるのを感じて、奏は恥ずかしさの余り咄嗟に身を捩って銀砂から離れた。

「奏？」

「ええっと。そうだ月草さんが手紙くれたんだ。なんだろう」

わざとらしいと自分でも思ったが、気恥ずかしさを誤魔化すように声を張り上げた。そして、部屋の隅に畳んで置いてあるジーンズのポケットを探り和紙を手に取る。

もし蒼太から緊急の呼び出しがあればいつでも本家へ駆けつけられるように、洋服はそのまま畳んでおいて欲しいと伊良には頼んであったので、銀砂も手紙の存在には気付いていなかったようだ。

「手紙？　妙な術がかけられていないか、確認しよう」

「大丈夫だって。もうちょっと月草さんを信頼しなよ。あの人、悪い人じゃないよ」

わざわざ『大切な事』と言うからには、銀砂に対する礼儀作法のような事かも知れない。けれど奏は和紙に書いてある内容に目を通すと、耳まで真っ赤になった。

――これ、口に出して読まなきゃ……駄目なんだよね。

「どうしたんだい？」

異変を察した銀砂が傍に膝をつき、座り込んだ奏の顔を覗き込む。

「……銀砂……」

恐らく、代々長の妻となる相手が、口にした言葉なのだろう。奏は恥ずかしさを堪《こら》えて正座をし、居住まいを正すと三つ指をついて銀砂に頭を下げる。

「僕に子種を下さい。貴方の番として、この身を捧げます」

「か、奏？　一体何を言い出すんだ！」

「言霊《ことだま》だって、書いてある。銀砂は力が強いから、僕がこうしてお願いすれば、聞き届けてくれるって」

冷静な銀砂が狼狽《ろうばい》する姿が可笑《おか》しくて、悪いとは思いつつ吹き出してしまう。

「確かに、愛しい君の願いだから無条件で叶えられるが。全く、月草君は余計な事をする」

「嫌だった？」

「嬉しいよ。確かに君と子を生すのであれば、契約となる言霊は必要だった。しかしこんな形で、騙し討ちのように言わせるつもりはなかったよ。また私は失敗をしてしまった」

あくまで奏の了承を得た上で、物事を進めたかったと話す銀砂が愛しい。

彼ほどのあやかしなら、奏など簡単に言いくるめて犯し、好きなようにできる筈だ。なのにこれまでの強引な交わりを、彼は未だに悔いていると分かる。

「教えて貰った言葉だし、正直恥ずかしいけど……これは僕の本心だよ。僕は人間だから、あやかしのしきたりとか言霊とかよく分かってないから。こうして伝える手段が分かってよかった」

「君は本当に、優しい人間だ」

「そうかな？　蒼太は『ぼんやりしてるだけ』って言うけど……やんっ」

柔らかい布団に押し倒され、奏は仰向《あおむ》けに転げた。

半ば脱がされていた浴衣は前が完全にはだけて、湯上がりで色づいた肌が露《あらわ》になる。

「言霊の儀が済んだのだから、君を貰うよ奏」

「銀砂……」

そっと唇が重ねられ、銀砂の舌が口内へと滑り込む。深い口づけを交わしながら、銀砂の手が奏の肌を丁寧に撫でる。

「ぁ、っ」

奏を片手で押さえ、銀砂も浴衣を脱ぎ捨てる。

行燈の灯《あか》りに浮かび上がる逞しい体と勃起した性器に、奏はこれから与えられる快感を思って僅かに震えた。

「奏の体は、準備ができたようだね。もうすっかり、濡れている」

「あ、んっ……やらしい、って、思ってない？」

銀砂の性器を見ただけで、奏の後孔は濡れそぼっていた。人間の男ではあり得ない反応に、まだ戸惑ってしまう。

「何故だい？　愛しい番が受け入れてくれるのは喜ばしい事だ。それに、ここまで濡れるのは、私の子種と君の体の相性が良い証《あかし》でもある。交尾の際に濡れないという事は、受け入れを拒絶されたという意味になるからね」

「っ……ぁ、あ」

半勃ちになった自身の鈴口を軽く弄《いじ》られただけで、奏は射精した。軽い愛撫でも全身が過剰に反応してしまい、銀砂の唇や指が掠めるだけで軽くイッてしまう。

「だめっ」

「感じるのは、私に馴染んだ証拠だよ」

「けど、こんな……おかしいよ……」

胸や首筋を愛撫されると、内側からとろりとした液体が溢れてくる。

それを銀砂が指ですくい上げ、奏に意識させるように下腹と擦り付けた。明らかに精液と違う粘液に、奏は怯えてしまう。

「前より、べとべとしてない？」

「人間があやかしと番う際に濡れるのは、体を壊されないようにという防衛本能故だ。けれど同時に、『番って子作りをしたい』と体が求めなければ濡れないんだよ。これだけ濃い愛液を漏らしているという事は、奏が私の子を欲しているという意味だ」

「銀砂と、子作り……」

指摘に赤面する奏の脚を、銀砂が両手で割り広げた。既に抵抗する意思は失われ、奏は淫らに濡れる後孔を彼に晒す。

「奏ならできるよ」

「できる、かな」

「大丈夫。奏が孕むまで、何度でも子種を注ぐから安心しなさい」

「ひゃんっ」

雄々しく反り返った雄が、入り口を掠めた。そのまま挿れるのかと思ったが、銀砂は焦らすみたいに腰を引く。

「奏、繋《つな》がる瞬間を見てごらん。子作りを意識することが、重要だからね」

唾液のように粘つく液体が先端と後孔を繋いでいる光景はいやらしくて目を覆いたくなったが、銀砂の言葉が呪文のように響いて奏は視線を外せない。

「あ、ぁ。はいっちゃ……ぅ」

腰の下に枕を入れ、銀砂が奏の腰を摑む。そしてゆっくりと先端を近づけ、ヒクつく後孔へ性器を埋めていく。

「……んっ、ぁ。銀砂……ぎん、さ」

もどかしいほど緩慢な動きで、硬く太いそれが奏の内部を広げる。久しぶりに受け入れたせいか、より強く彼の形を感じられる。

と同時に、ねっとりとした粘液で濡れた内壁が雄を喰い締め、快感だけを奏の体と心に刻み込む。

「あ、あっう」

情けなく蕩《とろ》けた声を上げながら、奏は銀砂を求めた。早く根元まで挿れてほしくて、自分から腰を上げて雄を迎え入れる。

「も、意地悪しないで……早くっ」

「私と番になってくれるね」

こくこくと頷き、覆い被さってきた銀砂の背にしがみついた。両脚も無意識に彼の腰に絡め、拙《つたな》い動きで子種をねだる。

「……銀砂……なかに、出して」

「君は良き妻になるね。いい子だ奏」

ぐいと腰を突き上げられ、奏は甘ったるい悲鳴を上げた。

「あうっ。奥にあたってる、へんになっちゃう」

「私の可愛い奏」

最奥を捏ね回され、奏は上り詰めた状態から降りられない。

達し続けた自身は既に萎《な》えているのに、体の内側は敏感になっていく。淫らに鳴き、雄を喰い締めるとやっと銀砂が動きを止めた。

「正式な番となって、初めての子種だよ」

「すきっ……銀砂、大好き。あっァ」

痙攣する内部に、大量の精が注がれる。

その間も銀砂は奏の内部を擦り突き上げ、快感を持続させる。

「んっく。ぅ」

「中も私にしがみついているね……愛らしい」

「い、言わなくていいからっ」

「何故？　交尾は神聖で尊い行為だ。奏は自分の存在がどれだけ素晴らしいか分かっていないようだから、もっと自覚しなくてはいけないよ」

甘い声で囁く銀砂に、奏は恥ずかしくて泣きそうになる。けれど子孫繁栄を良しとする彼にしてみれば、奏の反応は喜ばしいものに違いない。

「っ、あひ……っ」

「根元まで挿《はい》ったよ。一番奥で私を受け止めただけでなく、快楽も感じている。奏は心も体も、私の番となるために生まれてきたのだね」

トントンと最奥を小突かれ、奏は銀砂の背に爪《つめ》を立てた。彼の長い髪が肌を擽るだけでも、感じてしまう。

全身が誇張でなく性感帯のようになってしまい、奏は強すぎる甘い刺激にむせび泣いた。

「……あ、あ……い、く」

「私もだよ」

しかし銀砂の雄は、何度射精しても硬く反り返っている。熟れきった奏の内壁を激しく掻《か》き混ぜたかと思えば、ゆったりとした動きで甘く溶かす。

「ぎん、さ」

奏が気を失わないよう、絶妙な加減で交尾は繰り返された。

唇を吸われ、乳首や萎えた性器までも丁寧に指で扱《しご》かれる。甘いばかりの愛撫に、奏はただ、甘い悲鳴を上げて身悶《みもだ》えることしかできない。

「ね、まだ……だすの？」

無意識に自分の腹をさすると、軽く膨れていると分かる。ほぼ絶え間なく精を注がれているせいだと実感して、奏は少しだけ怖くなった。

「交尾は大切な儀式だからね。痛みがなければこのまま続けるよ」

「痛いとかはないけど……」

「あやかしの精は人とは違う。奏の中に注がれたものは吸収されて、私の子を孕む土台となる役目を果たすんだよ」

だから必要な事だと真剣に説明されれば、不安だとはとても言い出せなくなる。

「……えっと、準備ってこと？」

「その認識で問題ない」

いい子だと言って、銀砂が奏の頭を撫で汗で濡れた額に口づける。

――あやかしと結婚するって、なんか大変なんだな。

後悔などない。でも性的な事には余り深入りせず生きてきた奏にしてみれば、銀砂との交尾はとても恥ずかしい。

「あのね、銀砂。今更だけど……その、手加減して欲しいな」

「勿論だ。番を一夜で壊すなど、無体な真似はしない」

けれど銀砂は、奏の中に埋めた性器を抜こうとはしない。それどころか最奥の感度を確かめるように、再び律動を始める。

――また……くる。いっちゃ、う。

びくびくと跳ねる腰を摑まれ、奏は再び快楽の嵐へと引き戻された。

この射精が終わっても、きっと彼の性器は硬さを保ったままだ。

夜が明けるまで、この淫らな儀式は続くだろう。

「愛しい花嫁。やっと手に入れた……もう離しはしない」

囁かれる言葉は、彼の言霊だ。

身も心も囚《とら》われたと理解しても、恐怖は感じない。むしろ奏は多幸感に包まれ、銀砂を強く抱き締める。

「僕も、銀砂が好き。だから、もう一人で苦しまないで、たよって……ね……」

深い悦びを分かち合いながら、真摯《しんし》な思いを口にする。

長い間すれ違っていた二人の恋心は、番という形で成就した。

妻問いと蜜色の夜

「どうしたんだい、奏《かなで》」

「……銀砂《ぎんさ》って、耳とか消せるんだね。それと運転できたんだなって。ちょっと驚いただけ」

一週間前、奏は銀砂から『御家族に挨拶《あいさつ》がしたい』と相談を受けていた。内容の予想は付いたが、元々楽天的な奏はどうにかなるだろうと気楽に考え、家族と話し合った結果、今日実家で両親と顔合わせをする事になったのである。

そして約束の時刻。銀砂は長い髪を三つ編みで纏《まと》め、グレーの落ちついたスーツ姿で奏の前に現れたのだ。

何か術を使っているのか耳は見当たらず、どこから見ても人間だ。更には高級外車に乗るよう促され、奏は助手席に座り、ごく自然に運転をする銀砂を呆然《ぼうぜん》と眺めている。

「ここ数年、外出する時はこの姿なのだけれどおかしい所があれば言ってほしい。外界の知識は羽仁《はに》頼りでね。羽仁に言わせると、私は流行に鈍感なのだそうだよ」

「おかしくなんかないよ。スーツの銀砂、すごく格好いい。三つ編みも似合ってる」

素直な感想を口にすると、銀砂が照れたように少し微笑《ほほえ》む。その横顔は曾祖母《そうそぼ》の描いた画のように、優雅で魅力的だ。

――僕、銀砂の番《つがい》になったんだよな。

今でも時々、これは夢ではないかと思ってしまう。

本家での騒動の後、奏は銀砂との数日にわたる『番になるための』交尾を終えて、一人暮らしのアパートに戻っていた。

誇張なく四六時中銀砂と交わったにも拘《かか》わらず、奏の体が全く不調を来《きた》さなかったのは不思議でならない。

戻った翌日から新年度の授業だったけれど、一限目の講義も遅れず出席することができたので、奏としては何ら問題を感じてはいない。

一方銀砂は奏との正式な婚礼準備を進めるべく、里と屋敷を往き来し所謂《いわゆる》『昔からの決まり事』の調整をしている。

なのでこうして会えるのは、交尾を終えてアパートに戻された日以来だ。銀砂は毎晩スマホに連絡をくれるけれど、やはり直接会って会話ができるのは嬉《うれ》しい。

「今日はご両親と、弟君だけだね」

聞かれて奏はこくりと頷《うなず》く。

本来ならば近しい親戚《しんせき》を集め、嫁取《よめと》りの話をするのが玉兎《ぎょくと》の習わしらしい。けれど人間である親戚達は、銀砂の『冨を司《つかさど》る力』に感化されてしまう。銀砂と月草《つきくさ》の尽力で術は解けたが、当分は接触を控えるべきという結論に至った。

「両親には『大切な人を連れていくから、家族だけで話がしたい』って伝えてあるから大丈夫」

今も銀砂は、力を表に出さない術を自らにかけて、人間として行動している。多少の接触なら、感化されることはないらしい。

——でも、目立つよな。

力の誘惑がなくとも、銀砂自身が美形なのでどうしたって周囲の目を引きつけてしまう。実際信号で停まる度に、対向車線の運転手や道路を歩く人が、ちらちらとこちらの車内を覗《のぞ》き込んで来る程だ。

銀砂も周囲の視線に気付いているようで、困った様子で首を傾《かし》げる。

「術のかけ方が、弱かったかな。いっそ私の姿が見えないようにしてしまおうか」

「いや、それだと運転手ナシで車が走ってるって通報されるから止めて。みんなが見てくるのは根本的に別の問題だし、僕は自慢して回りたいくらいだから、気にしなくていいよ。あ、次の交差点左に入って。そしたらすぐうちだから」

銀砂の提案は現実的な対処とかけ離れているので、ここはさっさと実家に逃げ込むのが正しい。

幸いその後は信号で停まることもなく、車は一分ほどで奏の実家に到着した。

「ただいま。銀砂、上がって」

「こんにちは。お邪魔します」

合鍵でドアを開け、奏は銀砂に入るよう促す。車は近くのコインパーキングが空いていたのでそちらに停めて貰《もら》い、近所の住人に見られる前に素早く銀砂を実家に上がらせた。

「お帰り、奏……あらまあ――どうぞ、上がってください」

「初めまして、銀砂と申します」

あらかじめ話しておいたので、母親もそれとなく察してはいたようだ。けれどまさか相手が男だとは考えていなかったらしい。

「奏、大切な人ってこの方？」

「うん」

小声で問われ、奏は少し体を強ばらせる。否定的な言葉を言われても仕方ないと覚悟していたが、何故《なぜ》か母は満面の笑みだ。

「たいへんなイケメンじゃない。どこで知り合ったの？」

「え？」

「あんたぼんやりしてるから、ヘンなのに摑《つか》まったらどうしようかって思ってたけど安心したわ。お茶淹《い》れるから、二人とも座って待ってて」

何がどう安心なのか奏にはさっぱり分からないが、母は上機嫌でキッチンに入ってしまう。

すると今度はそれまで様子を窺《うかが》っていたのか、二階へ続く階段の途中から、ひょこりと蒼太《そうた》が顔を覗かせた。

「本当に来たのかよ」

「こんにちは、蒼太君」

母とは違い、あからさまに嫌そうな顔をする蒼太にも、銀砂は丁寧にお辞儀を返す。

「父さん達に、なんて説明するつもりだよ。ウサギの化け物です。なんて馬鹿正直に言ったって、信じないぞ」

「大丈夫だって。きっと良い考えがあるんだよ」

「兄ちゃん、考え甘すぎ！　変な術とか使って脅す可能性だってあるんだぞ！」

「銀砂はそんなことしない」

大分失礼な事を言われているにも拘わらず、銀砂は一切の反論をしない。弟の暴言を謝ろうとすると、リビングから母の呼ぶ声が聞こえてくる。

「奏、お客さんを立ち話させるなんて失礼でしょ。蒼太もいらっしゃい」

「はーい」

「私は気にしていないから。まずはご挨拶に伺《うかが》おう」

穏やかな銀砂の言葉に促され、奏は先頭に立ってリビングの扉を開けた。そこには普段出していない重厚な木製のテーブルと、来客用の座布団《ざぶとん》が人数分敷かれていた。

お茶も既に置いてあり、奏と銀砂は並んで、テーブルを挟んで両親と向き合って座る。

その空間に入りづらいのか、蒼太はお茶だけ持ちそっとキッチンに移動してしまう。

——ええと、挨拶。しないと。

こんなふうに両親と改まって話をするなど初めての事だ。当然ながら親からも緊張が伝わってきて、今更奏もこれからどうすれば良いのか分からなくなってしまう。

気まずくなりかけた沈黙を破ったのは、銀砂だった。

「改めまして、橘《たちばな》銀砂と申します」

丁寧に頭を下げ、手土産《てみやげ》の和菓子をテーブルに置く。長い三つ編みにスーツ姿という、一見奇妙な出《い》で立《た》ちだけれどその所作の美しさには気品があり、慣れている筈《はず》の奏でさえ見入ってしまう。

「——あら、ナツおばあちゃんと同じ苗字なのね」

「うちは那波《ななみ》だよ」

「曾《ひい》おじいちゃんと結婚する前の旧姓よ。那波は曾おじいちゃんの方の苗字」

何故かにこにこしている銀砂に、奏はあらかじめナツの苗字を名乗るつもりでいたのだと気付く。

「祖母がお世話になっておりました」

「何処かで見たと思ったら。おばあちゃんがモデルにしていたあの子の……お孫さん？　ひ孫かしら？　そちらの御家族はお元気？」

「ええ、孫です。祖母はモデルの仕事を終えた後、海外に行きまして。外国の方と縁があり、結婚したのです。昔の事でなかなか連絡も取れず、気付けば連絡先も失《な》くしてしまったそうで、不義理を致しました。お蔭《かげ》さまで私の家族は、皆元気にしております」

母からの質問に、銀砂が淀《よど》みなく答える。流石《さすが》に絵のモデルの本人とは言えないので誤魔化したが、それ以外は完璧だ。

「綺麗《きれい》な銀髪だから驚いちゃったけど、外国の方なのね」

うんうんと勝手に話を補足し納得している母の横で、父は黙って銀砂を見つめている。気がかりだけれど、怒っているようには見えない。

——父さん、緊張してるだけだといいけど。

両親は奏と同じく、のほほんとした性格でまず怒ったところを見たことがなかった。流石に銀砂と付き合っていると告げたらどうなるかは分からないが、今のところは順調だ。

そんな奏の心情を余所に、銀砂が話を進める。

「実は先日の形見分けの時、事前に那波の本家から連絡を貰っていたんです。それで日本の別宅に戻っていたところで、奏君と会いました」

「あら、そうだったの」

あの騒動の時、両親は結局本家に戻らず駅前のホテルで一泊し、帰ってしまった。その上、多少は見聞きしていた筈の親族の言動も、殆《ほとん》ど覚えていなかったのである。

「話をするうちに奏君に惹《ひ》かれました。このまま別れたくはないと私の方から想いを告げて、お付き合いをさせて頂いてます」

「銀砂っ」

いきなり本題に入ると思っていなかった奏が慌てるけれど、銀砂はにこにこと笑っている。キッチンでは運悪く気管にお茶が入った蒼太が、盛大に咽《む》せていたが気遣うどころではない。

「奏とお付き合い……と言いますと」

「結婚を前提に、お付き合いをしています。本来なら彼の承諾を得た当日にお伝えするべきでしたが、ご挨拶が遅れ、申し訳ありませんでした」

「そうですか」

やっと父が口を開くが、やはりその表情は変わらない。

「仕事の関係で、家を管理している方から形見分けの品を頂いて、すぐに帰らなくてはならなかったんです」

「いや、あの日は慌ただしくて。私達も形見分けをした前後の事が曖昧で、殆ど本家の者に任せてしまっていました。失礼をしていたなら申し訳ない。しかしその……」

言い淀む父に代わり、母が割って入る。

「結婚を前提にしているなら、今日来て下さったのはそのお話ね？」

「はい。本日は奏君を私の生涯の伴侶に頂きたいと、お願いをしに参りました」

目を輝かせて身を乗り出す母にも動じず、銀砂が座布団から降りて奏の両親に向かい両手をつき頭を下げた。

「彼の大学卒業を待って、私の里で祝言《しゅうげん》を挙げるつもりです。奏君は私が守ります。決して不幸には致しません。どうか結婚を許して下さい」

「……お父さん」

具体的な話を出されて流石に困惑したのか、母が父の方を窺う。そんな母の隣で、父が声を荒らげることなく銀砂に問い掛ける。

「改めて確認するけれど。銀砂君のお祖母《ばあ》さんが、絵のモデルをしていたという事だね」

「はい」

暫《しばら》く、リビングに沈黙が落ちる。じっと見つめる父の視線を、銀砂は黙って受け止めていた。

何か言うべきかと奏が悩み始めた頃、やっと父が口を開く。

「参ったなあ。そうか、君がナツばあちゃんの言ってた相手か……」

急に表情と口調を和らげた父に、奏は首を傾げた。

「どういうこと、父さん」

「いや、ばあちゃんが亡くなるちょっと前に、母さんと見舞いに行っただろ。その時に言われたんだよ。ばあちゃんが死んだら大切な友人が訪ねてくるだろうから、願いを叶《かな》えてやってくれって」

「そういえば、話してたわね。それまでずっとぼんやりしてたのに、お友達の話になったら急に昔のナツおばあちゃんに戻ってしゃきしゃき話すから、あの時は驚いちゃったわ」

施設の人も驚いてたのよと、母が続ける。余程印象に残っていたのか、両親は顔を見合わせて頷き合っている。

「ナツばあちゃんはな『突飛なことを言う綺麗な男が来るだろうが、決して悪い相手じゃない。だから頼み事には何も問わず頷いてくれ』と……そうか、君の事だったのか」

何度か奏も施設へ見舞いに行った記憶はあるが、ナツとは殆ど会話をしていなかった。だからナツが銀砂を覚えているのかどうかも、知ることができなかったのである。

「奏はどうなの？　母さんは、あなたの気持ちを尊重するわよ」

「僕は銀砂が好きだよ。結婚するつもりでいます。——父さん、母さん。僕は銀砂さんと一緒になりたいです」

迷いはなかった。

幼い頃の戯れが切っ掛けだが、今の奏にとって銀砂はかけがえのない相手に代わりはない。彼の本性があやかしでもそれは些末《さまつ》な事だ。

「お前が覚悟を決めているのなら、私たちは祝福するよ。銀砂君、息子《むすこ》を幸せにすると約束して下さい」

「勿論《もちろん》です。この命に代えても、お守りします」

改めて両親と銀砂が、頭を下げ合う。その様子を、奏はほっとした面持《おもも》ちで見つめていた。

「それじゃ、堅苦しい挨拶は終わりにしましょ。今日はお寿司《すし》取るから、銀砂君も食べてってね」

「そんな、お構いなく」

「何言ってるの、銀砂君は家族になるんだから遠慮しないで。こんな格好いい息子が増えるなら、母さん大歓迎だわ」

「ありがとうございます」

「俺、ピザがいい」

「こら、蒼太。そういえば銀砂君に挨拶したの？」

「これからするよ……」

何か言いたげな弟の様子に気付いた奏は、銀砂に目配せをする。

「母さん、蒼太と話してるから夕飯の準備できたら呼んで」

先に階段を上がった蒼太を追って、奏と銀砂は二階に向かった。

大学に入って一人暮らしを始めてからも偶《たま》に実家へ帰っていたので、二階は奏と蒼太の部屋がそのまま残されている。

形見騒ぎの前に一度帰宅はしていたが、特に変わったところはなかった。

「僕の部屋、荷物置き場にしたいとか。そういう相談？」

「違う……ていうか、本気で分かってねーの？　銀砂さんは気付いてんだろ？」

「ああ。まさか、こんな事になっているとは思ってもみなかったよ」

どうして蒼太と銀砂の会話が成り立っているのか、奏にはさっぱり分からない。一人蚊帳《かや》の外に置かれたような気持ちになり、頰《ほお》を膨らませて蒼太の部屋に入る。

すると部屋の隅で、小さな黒い影が動いた。

「歩兵《ほへ》君？」

声をかけると、両手に収まる程の黒ウサギがあっという間に見慣れた歩兵の姿に変化《へんげ》した。

「ウサギを飼ってるって母さんから聞いてたけど、歩兵君の事だったの？」

「本家の後始末してたときに、なんか懐かれてさ。人間の事を勉強したいって言うから、俺の部屋に居候《いそうろう》してる。普段はウサギの姿で、俺が留守の時はケージに入って貰ってるんだ」

蒼太の脚に縋《すが》るようにして寄り添う歩兵の耳は、怯《おび》えを表すように後ろ向きに垂れていた。

「……銀砂様、奏様。勝手な事をしてすみません」

叱られると思っているのか、声が次第に弱々しくなり可哀想《かわいそう》なくらい項垂《うなだ》れてしまう。

「え、いつからいたの？　全然気が付かなかった」

銀砂と交わったことで、普通の人間よりもあやかしの気配には敏感になるのだと、月草から教えられていた。悪意あるあやかしを引き寄せないよう加護を受けているので、生活に支障は出ていない。ただし、短い期間とはいえ一緒に生活をした歩兵の気配すら彼を見るまで気付かなかったのは、自分でもショックだった。

「歩兵はウサギの真似《まね》が上手《うま》いから、父さんも母さんも気付いてないし。ていうか兄ちゃんて、察しがいい時と悪い時の落差激しいよな」

「しかし、何故蒼太君の元で居候をする事になったんだい？」

優しく問い掛ける銀砂に、歩兵が項垂れたまま答える。

「実は月草様が『良い機会だから。人間の勉強もしてきなさい』と仰《おっしゃ》ってくださって。甘えてしまいました。お屋敷の方は、月草様が手伝うから、問題ないと……」

「俺としては、歩兵を預かる代わりに、月草から兄ちゃんの情報貰えるし。利害が一致してるってワケ」

本家の裏山にある屋敷は、里に戻っている銀砂の代わりに三羽が管理している事になっている。

てっきり出て行ったとばかり思っていた月草がちゃっかり残っていると知り、銀砂が苦笑した。

「全く月草君らしい」

「ごめんなさい」

「なあ、歩兵は悪くないんだ。暫くうちにいさせてやってもいいだろ？　たのむ」

これまで銀砂に突っかかっていたのが嘘《うそ》のように、蒼太がしおらしく頭を下げた。その片手は、歩兵の頭に置かれている。

——……小学生の頃から、もふもふなペット飼いたいって言ってたもんな。

奏はともかく、両親からすると蒼太の性格的にペットの世話に最後まで責任を持てるのか疑問だったようだ。実際、高校の部活でも主力選手として頼られており、遠征試合で数日家を空けることもある。

だがあやかしである歩兵ならば、数日程度なら一羽で生活もできるだろうし、いざとなれば屋敷に戻ることも可能だ。

「ご迷惑でなければ、私は構いませんよ。歩兵も人間世界とは縁遠い生活をしてきましたから、こちらの作法などを教えて頂けると助かります」

「良かったな、歩兵」

「ありがとうございます、銀砂様。蒼太様、これからもよろしくお願いします」

頭を撫《な》でる蒼太を歩兵が笑顔で見上げる。どうやら二人の間には、信頼関係が出来上がっているようだ。

「じゃあ歩兵君は、昼間は一人なんだよね。話し相手いなくて、退屈じゃない？」

「平気です。お二人の本棚から借りたご本を読んでいると、時間なんてあっという間です。最近はお父上の書斎から、時代小説をお借りしています」

「あの分厚いの読むんだ」

「歩兵は頭いいぜ。最初は俺が勉強教えてたんだけど、今は逆に教えられてる。宿題も見せたらさっと解いちまってさ……あ」

「蒼太。まさか歩兵君に宿題やらせてるの？」

しまったというように口ごもる弟に代わり、全く悪意のない歩兵が説明を始める。

「お困りの様子でしたから、ぼくがお願いをしたんです。居候させて貰っているお礼をしなくてはいけませんし」

「宿代代わりなら、仕方がないな」

「仕方なくない！　歩兵君も銀砂も、間違ってるから！　勉強するのはいい事だけど、これからは手伝わなくていいからね」

「兄ちゃん……酷《ひど》い……」

「酷いのはお前だ。ばか！」

どうして奏が怒っているのか分からないらしく、銀砂と歩兵はきょとんとしている。ここに羽仁がいたならば適切な説明をしただろうけど、生憎《あいにく》彼はいない。

「とにかくね、宿代なんて気にしないでいいから——それにしても、歩兵君て高校生だったの？　てっきり小学生くらいかと思ってた」

「いや、玉兎の里に学問所はあるが、組み分けはされていない。歳《とし》は蒼太君に近いだろうけれどね」

　という事は基本的に歩兵の学習能力が高いのだろう。

「蒼太様の通う『高校』とは、素晴らしい学問所ですね。僕は物理と数学が大好きです。でも人間の勉強はお一人でするものなのでしたら、ぼくは読書だけにします」

　目を輝かせて話す歩兵は、心から勉学を楽しんでいると分かる。ここで否定的な事を言うと、歩兵は余計な気を回してしまいそうだ。

「ええと、勉強自体は悪くないよ。でも宿題は、蒼太と一緒にやってほしいな」

「分かりました」

　真面目《まじめ》な顔で頷く歩兵の横では、蒼太が気まずそうにそっぽを向く。これで少しは、反省しただろう。

「——みんな、そろそろお寿司とピザが届くから降りてきなさい」

　階下から母の呼ぶ声が聞こえ、四人は我に返る。

「歩兵、後でお前の分持ってくるから、大人《おとな》しく待ってろよ。ごめんな」

　流石に歩兵を連れてはいけないので、蒼太が歩兵の頭を優しく撫でる。これぱかりは仕方がないので歩兵も聞き分けよく頷くが、その日は少しばかり寂しげだ。

「ねえ、銀砂。どうにかできない？」

ダメ元で頼んでみると、銀砂は少し考えてから一つの提案をした。

「今日は結婚を認めて貰えた良き日だ。特別扱いはしない方針だが、折角だから歩兵も同席させて貰うといい。私が昔使っていた『ギン』と同じ術を施そう。そうすれば、ご両親もお前を見ても驚かないだろう。ただし伊良《いろ》と羽仁には内緒だぞ」

「良かったね、歩兵君」

「ありがとうございます！　奏様、銀砂様」

こうして那波一家とあやかし二羽は、和やかな夕食を共にした。


食事を終えると、奏は銀砂と共に実家を出た。母は『来客用の布団も用意しておけばよかった』とぶつぶつ言っていたけれど、奏はあえて聞かない振りをする。

「兄ちゃんを神隠しにしたりするなよ」

「しませんよ」

「変な事されたら、すぐ電話しろよ」

「銀砂様。奏様にご無理はさせないで下さいね」

「……歩兵……蒼太君に随分と感化されたね。まあいい。勉強熱心なのは良いことだから、頑張りなさい」

駐車場まで見送りに来てくれた蒼太と歩兵に手を振り、奏は銀砂の車に乗り込んだ。てっきり自分のアパートへ戻ると思いきや、車はそのまま都心へと向かう。

不思議に思いながらも会えなかった間の他愛ない近況を話していると、いつの間にか高級ホテルの玄関口に停まっていた。

慣れた様子で銀砂がドアマンに車のキーを渡し、奏を伴ってフロントへと歩いて行く。

「銀砂、ここって人間のホテルだよね」

「そうだよ。ただし所有者には、玉兎の血が少しばかり流れている。昔、あやかしと契約した人間の子孫だ。こういった人間は、我々と協力関係にある」

「えっと、つまり僕みたいにあやかしと結婚した人がいて、その子供が経営してるって事?」

「簡単に言えばそうなるね。本人達は隠しているから気付かれないだけで、普通に人間として生活している者は多いよ」

さらりととんでもない秘密を教えられた気がするけれど、こんな高級ホテルに入ったことのない奏は緊張してそれどころではない。

フロントでは銀砂が名を名乗っただけで、一番偉そうな従業員が奥から出て来る。そしてラフな服装の奏にも丁寧に頭を下げると、最上階に近い部屋へと案内された。

——どう考えても、スイートルームだ。

高層階の部屋にはドリンクとフルーツが用意されており、何もかもが高級そうで奏は気後れして一歩も動けなくなる。

「玉兎の長の番になるという事は、こういったもてなしを行く先々で受けることになる。息苦しい思いをさせてすまない」

「別に嫌とかじゃないから。嬉しいけど、僕は銀砂みたいに力も何もないし、申し訳ないなって気持ちはあるけどさ」

正直に言えば、この夢のような待遇は単純に喜べばいいのだろう。しかし銀砂のオマケとしてもてなされている自覚があるので、奏としては複雑だ。

「奏は将来、私の子を産む大切な伴侶だ。歓待されるべき人間に違いないのだから、卑下する必要はないよ」

「そう言われても、すぐには納得できないよ。ていうか、ここの人達、僕が銀砂の伴侶って分かるの？」

「別に妖術《ようじゅつ》などではないよ。接する態度などを見ていれば、こういう場で働く者は大体理解するものだ」

つまりはそれだけ、自分達の距離感が近いという事だろう。今更恥ずかしくなってきたけれど、どうしようもない。奏が黙り込むと、銀砂が腰《こし》を抱く。そして隣の寝室へと、奏を誘った。

——会うの久しぶりだし、こうなるんじゃないかなって予想はしてたけどさ。

大きなベッドには、ご丁寧に色とりどりの花が飾られていた。奏はいかにも『これからセックスします』という準備の整えられたベッドに乗せられ、いたたまれない気持ちになった。

「あのさ、銀砂」

「なんだい？」

取り成すように話しかけると、触れようと伸ばしてきた手を止めて銀砂が顔を覗き込む。

「えっとその……銀砂っていろんな術が使えるんだから、うちに挨拶なんて来なくても適当に誤魔化す事ができたんじゃないの？」

軽い気持ちで質問したのだが、意外な事に銀砂が真顔になる。今日の挨拶のために、銀砂が里の長老達を説得したり、決まり事の変更をしたりと奔走していた事を、奏は伊良から聞いていたのだ。

「挨拶をせずに奏を番にすれば、奏は『伴侶』ではなく『贄《にえ》』の立場になってしまうんだよ。私の伴侶に不埒《ふらち》な真似をする輩《やから》はいないだろうけれど、何か問題が起こった際に『贄』が発言をしてもとりあってては貰えない」

だから銀砂は奏を『贄』として扱わないという証拠として、正式に挨拶に行ったのだと続ける。

「しかし奏のご両親は、寛容な方だね。ナツの言葉があったのも大きいけれど、すぐに認めて貰えるとは思っていなかった」

「父さんはともかく母さんはイケメンが好きなだけだよ」

「純粋な好意を向けて貰える事は、有り難《がた》い事だ。ナツもよく話していた」

ナツも銀砂と同じく、付帯する様々なものを目当てに近づく輩が周囲に多かった。二人とも人とあやかしという違いはあっても、苦労は多かったのだろうと今なら奏にも分かる。

「私も聞きたいことがあったんだ。家を出る前にお父上が何か言っていただろう。よければ教えてくれるかい？」

少し考えてから、奏は銀砂に向き合い彼の手を握る。

「……父さん、銀砂が人間じゃないのはなんとなく気付いてたっぽい。でも怖いから結婚を許可したんじゃないって言ってた」

目を見開く銀砂に、奏は静かに告げた。

「ナツばあちゃんはおっかない人だったけど、人でも絵でも関係なく物事を正しく視《み》る力のある人だったって言ってたよ。だからそんなナツばあちゃんが太鼓判押した相手なら、安心して任せられるって」

「そうなのか、ナツが……そんな事を……」

今は亡き親友の言葉を知り、銀砂が声を震わせる。奏は自然に銀砂の背に腕を回し、優しく抱き寄せた。

「僕はナツおばあちゃんみたいに強くないけど、ずっと銀砂と一緒にいるから。もう一人じゃないよ」

「奏……」

抱き合ったままベッドに押し倒され、唇《くちびる》を塞《ふさ》がれる。激しい口づけに一瞬怯えたけれど、奏はすぐに体の力を抜いた。

「銀砂……すき……だよ。あっ」

口づけの合間に囁《ささや》けば、銀砂が嬉しそうに微笑む。会えなかった時間を埋めるように愛撫《あいぶ》しながら、互いの服を脱がせていく。

「ねえ、銀砂。これからは僕を、伴侶としてきちんと抱いて」

「しかし」

求める奏に対して、銀砂が言い淀む。この反応は、予想した通りだ。実はアパートに戻ってから、何度か月草が奏の元を訪ねて来ていた。その際に、玉兎の交わり方だけでなく、これまで長《おさ》の伴侶が求められた『お務め』についても全て教えて貰った。

銀砂に聞いてもはぐらかされるだろう内容だったので、衝撃的ではあったけどつまびらかに教えてくれた月草には感謝している。

玉兎——特に長は種族繁栄の手本となる為に、正式に認められた伴侶だけでなく、同時に数多くの妾《めかけ》と可能な限り交わり、子作りに励む。

その行為に愛情は関係ない。月草は冷たく『仕事』と表現した。

「これまでの長も、伴侶のウサギも、辛《つら》かったと思う」

行為に集中させるため、恋心さえ消してしまう強い媚薬《びやく》作りを代々請け負っていたのが、月草の一族だった。

何かがおかしいと訴えた長もいたが、悉く《ことごと》『掟《おきて》』の一言で有耶無耶《うやむや》にされたことも教えて貰ったと奏は話す。

「僕は銀砂を、愛して……子作りしたい」

「私も君だけを愛したい」

そっと唇を重ね、互いに強く抱き締め合う。服はとうに剝《は》ぎ取られ、奏は銀砂に素肌《すはだ》を晒《さら》す。

彼もまた、逞《たくま》しい体と性器を露《あらわ》にしていた。

「あ、あのね。銀砂ちょっと待って」

脚に手をかけた銀砂が僅《わず》かに戸惑いを見せる。拒絶ではないと分かったようだけど、奏の意図までは察せないらしい。

——恥ずかしいけど、やるしかない。

月草曰《いわ》く『高位のあやかしですが、本性は獣です』との事で、本性と同じ体位で交わると嬉しいと教えられた。

正直に銀砂に伝えれば怒られそうだから、余計な説明はせず俯《うつぶ》せになる。

「きて、銀砂」

枕を抱え腰を上げると、銀砂が覆い被《かぶ》さってくる。屋敷で過ごした最後の夜、何度かバックでセックスをしたけれど、あの時は意識が朦朧《もうろう》としていて正直よく覚えていない。

「奏、君が欲しい」

「ぼく、も……ひゃんっ」

反り返った性器が、後孔に触れた。自然に濡《ぬ》れるはずのない場所だけれど、内側から蜜《みつ》が滴《したた》っているのが分かる。

これまで銀砂の精を受け入れたお蔭で、そこはすっかり彼を受け入れる器へと変化していた。

大きく張り出したカリが内壁を押し広げ、奥へと進んでいく。無意識に逃げようとする腰を摑まれ、銀砂が一気に根元まで挿入を果たす。

――奥に、当たる……っ。

久しぶりの交尾だけれど、痛みは感じない。代わりにこれまで忘れていた悦《よろこ》びが、全身に広がる。

「……寂しかったよ。銀砂」

「私も奏と繋《つな》がりたかった。愛《いと》しい奏」

「あっぁ、いっちゃ……ぅ」

銀砂が上体を倒し、奏を背後からしっかりと抱き締める。雄々《おお》しい性器が更に深い場所へ到達し、奏は甘く鳴いた。

銀砂は久しぶりの交合に喘《あえ》ぐ奏を気遣ってか、激しい抽挿はせず優しく奥を捏《こ》ね回す。その甘過ぎる刺激に奏の体はビクビクと震え、半勃《はんだ》ちした自身から蜜を零《こぼ》した。

「ぁ、う……ぎん、さ……」

奥への刺激だけで上り詰めたまま、奏は少しでも最奥への甘い責めから逃れようと腰を振った。そんなささやかな抵抗さえ銀砂を煽《あお》るとも知らず、枕に爪《つめ》を立ててその身をくねらせる。

「愛らしい私の伴侶。これだけ感じ入る事ができるなら、我が子もすぐに宿る」

「銀砂の、赤ちゃん？」

言われても、奏としては未《いま》だに実感などない。そもそも、自分達は男同士だ。人間の摂理からすれば、まずあり得ない。

「あやかしにもよるが、玉兎一族は力が強大故《ゆえ》に雌も雄も孕《はら》んでも腹は膨れない。人よりも長い年月を妖力の塊として体内に宿し、魂だけで現世に生まれ落ちる。その後儀式を経て肉体を持ち、触れられる形を取る」

片手で奏の下腹部を撫でながら、銀砂が優しく囁く。

「なんにしろ、子が宿れば更に妖力が必要になる。奏には無理を強いることになるが許してくれ」

「それってつまり、えっちの回数が増えるってこと？」

「有り体《てい》に言えばそうだな」

人間とは逆だと分かり、奏は耳まで赤くなった。これ以上の深い交わりを、何度となく繰り返すのだと今から宣言されたも同じだ。

「恐ろしいか？」

「ううん。嬉しい」

不安げな声音に、奏は枕の傍《そば》に垂れている彼の髪に指を絡めた。体も心も銀砂と繋がっているのだと実感する。

「愛している」

優しい愛の言葉を受けて、多幸感に全身が震える。

「僕も銀砂が……すき……んッ」

奥で先端が張り詰め、射精が始まる。奏は銀砂の与えてくれる子種を全て受け止めたくて、力が抜けてしまいそうになる腰を懸命に掲げた。

「本当に奏は健気《けなげ》で愛おしい」

「ひっ、ぃ……ぁ」

射精しながら奥を小突かれ、奏は一際甘い声を上げてよがる。一度射精が始まれば、彼の雄が萎《な》えるまで繋がったままなのだ。

こうして番達の夜は、淫《みだ》らに更《ふ》けていく。

あとがき

はじめまして、こんにちは。高峰あいすです。
ルチル文庫様からは十七冊目の本になります。読んで下さる皆様と、携わってくれた方々のおかげです。ありがとうございます。

担当のH様。いつもありがとうございます。雑談ばかりしてすみません。
素敵な挿絵をつけてくださった、駒城ミチヲ先生。銀砂をイケメンに描いて頂きありがとうございます。幼女銀砂と奏も可愛くて、悶絶しました！

そしていつも見守ってくれる家族と友人、ありがとう。感謝してます。

今回のお話は、気がついたら裏テーマが「もふもふ」になってました。……というのは冗談ですが、かなりもふもふ率が高いのは事実です。
奏君は伊良達を無意識にもふっているでしょうし、そのうち銀砂に「ウサギになって！」と頼み込むと思われます。銀砂も最初は戸惑いますが奏君の頼みを断り切れず、本性の巨大